유니시티 보안관 디어루

최영희 지음

블랙홀

차례

UNI-CITY
라퓨타시티
황무지
같이 놀자, 채소밭
스콜라시티
급식 빌리지
나무아멘인살라타불 시티
나의 살던 고향
사물 인터넷 체험 마을
디어루 접속
중앙은행
(구)연합뉴스 방송국
시청
중앙광장
범원
보안관실
인사이더 루트
오피스시티
친구야, 매점 가자
다시 만나요 시티
멸종 동식물 체험 마을
교도소

유니토

뎅그렁!

유니토가 도시락 가방에서 샌드위치를 꺼내는데 종이 울렸다.

아이들이 점심 먹을 준비를 하다 말고 창 쪽으로 고개를 돌렸다. 도시 정중앙에 솟아 있는 시계탑의 모래시계가 흔들거리고 있었다.

다시 뎅그렁!

두 번째 종소리와 함께 시계탑의 모래시계가 거꾸로 뒤집혔다. 낮도 인간의 것이고 밤도 인간의 것이던 시대라면 '정오'라고 불렀을 시간이다. 물론 이제는 그런 구닥다리 표현을 쓰는 사람이 없다. 책방 할머니나 꽃집 할아버지 같은 노인들도 모래시계가 알려 주는 '일몰 기준 시간'을 사용하니까.

모래시계의 분홍색 모래들이 푸슬푸슬, 아래쪽 유리통으로 흘러내리고 있었다. 정확히 일몰 시각에 맞춰서 모래가 다 떨어져 내리도록 설계된 시계였다.

시계탑 꼭대기 전광판에는 시각을 알리는 숫자들이 붉게 떠 있었다.

-6:15

일몰까지 남은 시간, 6시간 15분.

해넘이가 지나면 도시의 거리는 더 이상 인간의 것이 아니었다. 어둠의 주인은 좀비들이었다. 그건 해가 서쪽에서 떠서 동쪽으로 진다는 것만큼이나 명확한 사실이었다. 하지만 그 당연한 것을 까먹거나 무시하다가 좀비 밥이 되는 사람들이 있었다.

며칠 전에도 이웃집 마지 할머니가 밤중에 고양이를 찾으러 나갔다가 좀비들에게 살을 뜯겼다. 유니토는 좀비로 변해 버린 할머니를 생각하며 몸을 떨었다. 어젯밤에도 할머니는 '캬하하학하학' 하는 좀비 소리를 내며 유니토네 집 앞을 비척거리며 지나갔다. 가로등 불빛이 닿은 할머니의 얼굴은 섬뜩하기 그지없었다. 파랗게 반짝이던 네모 눈알 하나가 뽑혀 나가고, 그 자리엔 어둠만 우묵하니 고여 있었다. 오른쪽 귀도 사라지고 없는 자리에선 유니토의 새끼손톱만 한 핏방울이 네모네모 떨어지고 있었다.

엄마가 늘 하는 말이 있었다.

"먹어야 할 때 먹고 일몰 전에 집에 오고 자야 할 때 얌전히 잠만 자는 사람한테는 이 도시만큼 안전한 곳도 없단다."

지금은 엄마가 말한 '먹어야 할 때'였다.

유니토는 샌드위치를 먹었다. 한 입씩 베어 물 때마다 샌드위치는 정확히 4분의 1조각씩, 네모 모양으로 사라졌다. 앞니로 코딱지만큼 갉아먹든 와구와구 베어 먹든 마찬가지였다. 네 입 만에 샌드위치를 먹어치운 유니토는 가방에서 직육면체 투명 물병을 꺼냈다. 평소와 달리 물병이 파르스름했다. 엄마 아빠가 물 대신 블루 레모네이드를 담아 준 것이었다. 한 병에 50타파이트나 하는 레모네이드를 마셔도 될 만큼 특별한 날이기 때문이다.

오늘은 유니토의 열네 번째 생일이다.

친구들과 선생님의 축하는 벌써 넘치도록 받았다. 유니토의 머리 위에 '오늘은 나의 열네 번째 생일입니다.'라는 메시지 창이 떠 있었던 것이다. 메시지를 읽은 사람마다 금색 꽃가루를 뿌려 주었다. 하지만 반짝이 가루와는 비교도 되지 않을 만큼 근사한 일정이 남아 있었다. 엄마 아빠와 '야간 외출'을 하기로 한 것이다. 야간 외출은 아무나, 어느 때나 할 수 있는 게 아니었다. 오늘이 유니토의 생일이기 때문에 가능한 일이었다.

시민안전법 제1조 17항, 예외적 야간 외출 허용에 관한 조항
출산, 응급수술을 비롯한 긴급 상황 발생 시 야간 특별 외출 및 통행을 허락한다. 또한 생일을 맞은 아동 및 청소년은 안전청에서 외출증을 발급받은 후 보호자 동행 하에, 안전 차량을 이용하여, 야간 특별 외출을 할 수 있다.

그랬다. 오늘은 시민안전법이 밤 나들이를 허락한 날이었다.

전광판의 숫자가 '-5:20'이 되자 점심시간이 끝났다.

오후 시간표는 다른 날과 마찬가지로 '오직 세 권의 책' 읽기 수업이었다. '오직 세 권의 책'은 두 권의 법전인 『시민안전법』, 『부동산 매매 계약에 관한 법률』과 한 권의 시집 『어둠의 주인들』로 이루어져 있었다.

유니토는 낮도 밤도 인간의 것이던 시대에 태어나지 않은 것에 감사했다. 그 시절 학생들은 해마다 수십 권의 책을 읽고 암기하고 퀴즈를 풀었다고 했다. 특히 『수학』이라는 책에는 '공식'이라는 것들이 수백 개 있었는데 희한하게도 하나를 외우면 자동으로 전에 외운 것 하나를 까먹게 된다고 했다. 그런데도 퀴

즈 풀이 때는 공식 100개를 알아야 풀 수는 문제들만 나와서 학생들을 못살게 굴었던 모양이었다. 그게 실제 역사인지 한낱 학교 괴담인지는 모르지만 흉흉하고 오싹한 이야기인 것만은 사실이었다.

법전 시간에는 창밖으로 한눈을 팔다가 20타파이트를 벌금으로 내야 했다. 창밖으로 하얀 비둘기가 '까악 까악, 까아악' 하고 까마귀 소리를 내면서 지나갔던 것이다. 이 도시의 비둘기들은 날아다니면서 우는 법이 없었다. 나뭇가지에 앉아서 '구구, 구구우!' 하고 울어야 했다. 어쩌면 비둘기도 좀비에게 물린 건지도 몰랐다.

옆자리 단발머리 애는 책상에 엎드려서 코까지 골다가 50타파이트를 잃었다. 사실 그 애는 날마다 똑같은 시간에 잠이 들어서 똑같은 벌금을 내고 있었다. 그래도 억울해하거나 아쉬워하지 않는 걸 보면 부잣집 애인 모양이었다.

마지막 교시는 『어둠의 주인들』에 수록된 시를 배우는 시간이었다.

"오늘은 '에드거 네모 포'라는 위대한 시인의 작품을 공부할 것입니다. 지난 시간에 설명했지만 에드거 네모 포는 낮도 밤도 인간의 것이던 1809년 1월 9일, 미국 보스턴에서 순회극단 배우 엘리자베스 네모 포와 데이비드 네모 포 사이에서 태어난 천재

시인입니다. 대표 시로는 「애너벨 네모」, 「죽은 자의 영혼들」 등이 있습니다. 오늘 배울 시는 「정복자 까마귀」입니다. 자, 누구 일어나서 낭독해 볼 사람?"

담임이 아이들을 둘러보았다. 대여섯 명의 아이들이 손을 들었으나 담임은 유니토를 지목했다.

"거기 하얀 모자 쓴 학생, 한번 읽어 볼까?"

유니토는 시집을 들고 자리에서 일어났다.

사라진다, 빛이 사라진다, 모두 사라진다!
두려움에 떠는 모든 존재들 위로
검은 커튼이, 관 덮개 같은 검은 막이
섬을 덮치는 폭풍처럼 순식간에 내려온다.
천사들은 인간이 흘린 피로 물든
좀비의 송곳니에 흐느껴 운다.✚

누가 내 창을 열고 들어오려 하는가!
창밖의 어둠을 꿰뚫어보며, 한참을 서 있었다.
살아 있는 자는 감히 꿈꾼 적 없는 꿈을 꾸었다.
어둠 속에 들리는 말이라곤 오직 한 마디,

✚ 에드거 앨런 포의 시 「정복자 벌레」의 일부를 고쳐 쓴 것입니다.

"좀비다, 숨어!"
속삭임이 메아리가 되어 돌아오기를
"좀비다, 숨어!"
오직 그뿐이었다.✚

낭송이 끝나자 짜그락, 소리와 함께 유니토의 전자지갑에 30타파이트가 채워졌다. 발표 상금이었다.

"이 작품은 에드거 네모 포가 낮과 밤이 모두 인간의 것이던 시절에 지은 시입니다. 시에는 '좀비'라는 단어가 두 차례 등장하는데 이를 근거로 이 작품을 '예언시'로 분류할 수 있습니다. 언젠가 좀비들이 세상의 밤을 차지할 날이 오리라는 걸 미리 내다보고 예언한 것이죠."

다행히 좀이 쑤실 때쯤 수업이 모두 끝났다.

유니토는 부리나케 가방을 챙겨 교실 밖으로 튀어나갔다. 운동장을 가로질러 찻길로 나온 유니토는, 다시 스쿨버스 정류장을 지나쳐서 파묵 할아버지네 꽃집으로 갔다. 파묵 할아버지는 은발머리에 네모난 돋보기를 끼고 있고, 금니를 쨍하니 드러내며 웃고 있는 멋쟁이 할아버지였다.

"꽃다발 하나 주세요. 엄마 아빠한테 감사 선물로 줄 거예요.

✚ 에드거 앨런 포의 시 「까마귀」의 일부를 고쳐 쓴 것입니다.

오늘이 내 생일이거든요."

"그러냐? 그럼 특별히 예쁜 걸로 골라 줘야겠구먼."

파묵 할아버지는 계산대 바로 옆에 있는 꽃다발을 집어서 유니토에게 주었다. 하양, 분홍의 네모난 꽃송이들로 채워진 꽃다발이었다. 사실 파묵 할아버지네 꽃다발들은 꽃의 종류와 구성, 색깔, 크기가 다 똑같았다. 유니토가 꽃다발을 받아들자 짜그락, 소리와 함께 지갑에서 20타파이트가 빠져나갔다.

시계탑의 시각이 '-2:11'에서 '-2:10'으로 바뀌었을 때 스쿨버스가 도착했다.

노란색 스쿨버스의 네모 바퀴가 투둘투둘 기분 좋게 도시의 찻길을 질주했다. 꽃다발을 끌어안고 창밖을 내다보던 유니토는 자꾸만 웃음이 났다.

작년 생일에는 엄마 아빠가 일하는 타파이트 광산의 기념관을 둘러보고 그곳 레스토랑에서 라따뚜이를 먹었다. 토마토, 가지, 양파, 호박이 골고루 섞인 요리였는데 유니토는 호박, 양파, 가지, 토마토를 골라내고 토핑으로 나온 새우를 먹었다. 식사를 마친 후에는 광산 전망대에 올라갔다. 전망대라고 해 봐야 유니토네 교실보다도 작았다. 그래도 좀비의 접근을 막는 안전 설비가 갖춰진 곳이라 맘 놓고 밤바람을 쐬고 별을 구경할 수 있었다.

올해는 어디 가서 무얼 먹게 될지, 궁금증과 기대감에 유니토의 심장이 두근거렸다.

좀비들의 접근이 차단된 '안전지대'에 있는 통돼지 바비큐 집에 가 보고 싶었다. 커다란 야외 식탁 한가운데 화덕이 있고, 그 위에 통통한 통돼지가 돌아가며 구워지는 식당이라 했다. 하지만 바비큐 집 입장료가 어른은 400타파이트, 청소년은 300타파이트여서 유니토네 형편으로는 엄두를 낼 수 없는 곳이었다. 꼭 안전지대의 바비큐 집이 아니어도 엄마 아빠와 함께하는 밤나들이라면 어딜 가든 재미있을 것이다.

학교에서 유니토네 마을까지는 스쿨버스로 한 시간 거리였다.

'마이너스 한 시 십 분쯤 마을에서 내려 집에 도착하면 마이너스 한 시 오 분쯤 되겠지? 엄마 아빠는 보통 마이너스 영시 오십 분쯤 집에 오니까 그 전에 옷을 갈아입고, 거실 탁자에 꽃을 꽂아 둔 다음…….'

앞으로 할 일들을 머릿속에 그리고 있는데 '끼익!' 소리와 함께 버스가 멈추었다.

거대한 모래언덕이 찻길을 가로막고 있었다.

좀 전까지 익숙한 풍경을 지나왔으니 버스가 잘못된 길로 들어섰을 리도 없었다. 차창 너머 시계탑 전광판을 확인하니 '-1:30'이었다. 학교 앞에서 출발하여 40분을 달려왔다는 건 딸기와 감자를 재배하는 온실 단지를 지날 때라는 뜻이었다. 하지만 줄줄이 늘어서 있어야 할 온실도, 그 사이로 난 찻길도 죄다 모래 속에 파묻히고 없었다.

"기사 님, 어떻게 된 거예요?"

운전기사에게 물었다.

"길이 막혔구나. 이걸 어쩐다."

빵! 빠앙! 운전기사가 경적을 울렸다.

"어떻게 된 건지 나가서 살펴봐야 하는 거 아니에요?"

"길이 막혔구나. 이걸 어쩐다."

또 그 소리였다. 그러고는 다시 빵! 빠앙!

유니토는 답답했다. 경적을 울리면 모래언덕이 알아서 비키기라도 한단 말인가. 하는 수 없이 유니토가 버스 전화기로 경찰에 연락을 했다. 갑갑하긴 경찰도 마찬가지였다.

"견인차를 보낼 테니 기다리세요."

경찰도 찻길을 가로막는 장애물을 어떻게 처리할지 모르는 눈치였다. 견인차가 온다는 건 버스를 학교 방향으로 끌고 가겠다는 뜻이었다. 유니토는 학교로 돌아가고 싶지 않았다. 그랬다간 1년 만의 야간 외출이 물거품이 될 테니까.

"기사 님, 문 좀 열어 주세요!"

유니토는 꽃다발을 챙겨 들고 버스에서 내렸다. 혹시나 해서 뒤를 돌아보았지만 다른 아이들은 내릴 생각이 없는 듯했다. 혼자서라도 집에 가야 했다. 오늘은 생일이니까.

모래언덕 비탈을 타고 올라갔다. 2층 건물 높이의 언덕마루에 올라서자 넓은 모래밭이 눈에 들어왔다. 모래밭은 멀리 십자가마을 앞에서 끝이 났다. 온실에서 교회까지의 거리로 미뤄 보면 모래밭은 2킬로미터쯤 될 터였다. 그 정도면 걸을 만했다.

첫 번째 모래언덕을 다 넘어가서야 버스에 모자를 두고 내렸다는 사실을 깨달았다. 하지만 유니토는 버스로 돌아가지 않고 다음 언덕으로 향했다. 지금 모자는 문제가 아니었다. 발이 푹푹 빠져드는 이 모래밭을 어떻게든 지나가야 했다. 야간 외출은 오늘 아니면 안 되지만 모자는 내일 찾을 수도 있기 때문이다.

도대체 이 많은 모래들이 갑자기 어디서 나타난 건지 알 수 없었다. 두 번째 언덕마루를 넘어가던 유니토는 뭔가에 다리가 걸려 넘어지고 말았다. 높낮이가 다른 직육면체의 초록 기둥들이 손가락처럼 돋아나 있었다. 오르간파이프 선인장이었다!

"맙소사! 그냥 모래언덕이 아니었어!"

유니토가 들어선 곳은 작은 사막이었다.

벌써 마이너스 한 시 십 분이었다. 유니토는 이마에서 네모네모 흐르는 땀을 닦고는 다시 걸음을 떼었다. 띄엄띄엄 나타나던 오르간파이프 선인장이 다음 언덕 비탈부터는 아예 군락을 이루고 있었다. 유니토의 키를 훌쩍 넘기는 선인장들의 숲이었다.

허리를 구부리고 바닥을 기어가며 선인장 군락지를 헤치고 나가는데 하늘에서 노랫소리가 울렸다.

동동 동대문을 열어라.
남남 남대문을 열어라.
해넘이가 되면은 문을 닫는다.

시민안전청에서 해넘이 한 시간 전임을 알리는 노래였다.

앞으로 한 시간 안에 집에 못 가면 유니토도 좀비 밥이 될 것이다. 뺨과 목덜미의 살점이 뭉텅이로 뜯겨 나간 채 밤거리를 떠돈다는 마지 할머니처럼…….

가도 가도 오르간파이프 선인장 숲이었다. 아침에는 없던 사막이 생기고 30분 만에 선인장 군락지가 생겨났다.

믿기 힘든 일이었지만 도시가 변하고 있었다!

유니토는 꽃다발을 꼭 끌어안은 채 땀을 닦았다. 모래 바닥을 기어 다니느라 꽃송이들이 반이나 사라지고 없고, 길고 가느다란 직육면체 줄기들만 남아 있었다.

간신히 오르간파이프 선인장 군락지를 빠져나오자 이번에는 처음 보는 동물이 유니토를 가로막았다. 넙죽한 주둥이와 양옆으로 불거진 눈알에 키가 유니토와 비슷한 도마뱀붙이였다.

사막에 도마뱀붙이가 돌아다니는 게 이상할 건 없지만 문제는 녀석의 옷차림이었다. 하얀색 셔츠에 나비넥타이, 검정색 연미복을 갖춰 입고 허리춤에 기다란 작대기를 꽂고 있었다. 차림새만 보자면 파충류가 아니라 어느 오케스트라의 지휘자 같았다.

"안녕, 꼬마야!"

게다가 사람 말을 하는 도마뱀붙이였다. 이 도시의 짐승들은 사람 말을 할 줄 몰랐다. 마지 할머니네 고양이는 야옹거리고 책방 로자 할머니네 강아지는 왈왈거리는 게 전부였다. 그렇다면 저 도마뱀붙이도 모래사막과 함께 다른 도시에서 넘어온 게 틀림없었다.

"어디 보자, 그 꼬마가 맞는지 확인을 좀 해야겠다."

도마뱀붙이는 옆구리에 꽂고 있던 두루마리를 꺼내어 차르르 펼쳤다.

"정육면체 얼굴에 직육면체 몸통과 팔, 다리……. 쯧쯧, 생김새로는 구분할 방법이 없구먼. 이 도시 인간들은 죄다 똑같이 생겨서 말이지. 그렇다면 개인정보를 좀 봐야겠군. 내가 찾는 꼬마는 생일이 7월 13일인데……. 너도 오늘이 생일이구나."

두루마리와 유니토의 메시지 창을 번갈아 보던 도마뱀붙이가 히죽 웃었다.

"드디어 찾았다! 이름 유니토! 생일 7월 13일! 이거 너 맞지?"

도마뱀붙이는 두루마리의 화면을 유니토 쪽으로 돌려주었다. 유니토와 똑같은 얼굴의 남자아이 사진 밑에 개인정보가 적혀 있었다.

유니토. 생일 7월 13일. 스콜라시티 도서관에서 그린 그림이…….

"그거 나 아니야. 이름이랑 생일은 같지만 나는 다른 도시에 가 본 적이 없어. 그림을 그리지도 않아."

"시끄럽다! 넌 내가 찾던 녀석이 분명해!"

도마뱀붙이는 두루마리를 휙 집어던지고는 다시 허리춤에서 작대기를 꺼냈다. 녀석이 지휘를 하듯 작대기로 허공을 휘젓자 파이프오르간 연주곡이 울려 퍼지기 시작했다.

미친 도마뱀붙이가 분명했다.

유니토는 십자가마을 쪽으로 달아났다.

원래 이 도시에 존재하는 위험이라곤 좀비밖에 없었다. 사람을 공격하는 동물도 없었고 강도나 살인마도 존재하지 않았다. 날씨 역시 토요일마다 눈, 우박, 비가 번갈아 내릴 뿐, 나머지 6일은 화창했다. 그런데 사람을 위협하는 도마뱀붙이라니!

놈은 낄낄 웃으며 유니토를 따라왔다. 도마뱀붙이에게 쫓기는 사이 일몰 기준 시간은 점점 줄어들었고, 유니토가 마침내 사막을 빠져나왔을 때는 '−0:01'이었다.

십자가마을은 벌써 어둠을 맞을 채비를 끝낸 상태였다. 집집마다 유리창에 쇠로 된 덧창까지 단아 붙였고 가게들은 하나같이 셔터가 내려져 있었다.

유니토는 젤라또 가게의 셔터를 두드렸다.

“문 좀 열어 주세요! 저 좀 들여보내 주세요!”

하지만 셔터는 꿈쩍도 하지 않았고 멀리 시계탑의 모래시계에선 마지막 한줌의 모래가 툭 떨어져 내렸다.

‘현재 시각 0:00!’

뎅! 뎅! 뎅!

일몰을 알리는 종소리와 함께 득달같은 어둠이 몰려왔다.

캬하하학! 캬학! 크하하하학하학!

골목 모퉁이 저편에서 섬뜩한 쇳소리가 울려 퍼지더니 비척비척 좀비들이 다가오기 시작했다. 다시 사막으로 달아나자니 콧노래를 흥얼거리는 미치광이 도마뱀붙이가 버티고 있었다.

에드거 네모 포의 시는 사실이었다. 이건 ‘살아 있는 자는 감히 꿈꾼 적 없는 꿈’이었다.

유니토는 깊은 악몽에 갇혀 버렸다.

밤의 좀비 도시

헉! 헉!

유니토는 숨이 차서 금방이라도 고꾸라질 것 같았다.

레모네이드 물병으로 도마뱀붙이의 주둥이를 후려친 뒤 도망치긴 했지만 밤과 어둠의 주인들이 곳곳에서 유니토를 노리고 있었다. 야들야들한 살점과 오독오독한 손가락뼈를 가진 열네 살짜리 아이는 좀비들이 특히 좋아하는 먹이였다.

유니토는 셔터를 내린 레스토랑의 캐노피 그늘에 몸을 숨겼다. 집으로 가야 하는데 마을 쪽 길들은 좀비들로 발 디딜 틈이 없었다. 엄마 아빠는 벌써 퇴근했을 시간이었다. 시민안전법에 따라 식구 수대로 비상용 생존배낭 세 개를 꾸려 놓고, 야간외출용 안전차량까지 대여해 놓고서 유니토를 기다리고 있을 것이다. 안전차량의 전면유리에는 방탄 기능이 있고 측면 유리창들에는 격자무늬 방범창살이 덧대져 있어서, 좀비들 수십 마리가 덤벼들어도 끄떡없었다.

원래 계획대로라면 안전차량을 타고 찻길의 좀비들을 퉁퉁 튕겨내면서 밤거리를 달리게 돼 있었는데 지금 유니토는 안전장치 하나 없이 혼자 밤거리에 고립되어 있었다.

땅! 땅! 땅!

눈치 없이 가로등이 켜지기 시작했다.

유니토가 숨어 있던 캐노피 아래쪽으로도 가로등 빛이 들어왔다. 그 순간 맞은편 옷가게 앞에 서 있던 대머리 아저씨 좀비가 유니토를 발견하고는 괴성을 질렀다.

캬하하하학하하학!

좀비는 유니토를 향해 달려왔다. 유니토도 튀어나가서 어깨로 아저씨 좀비를 들이받았다. 좀비는 3미터 정도 날아가서 땅에 패대기쳐졌다. 머리가 퍽 터지며 까맣고 자잘한 정육면체 모양의 썩은 뇌 조직들이 사방으로 튀었다.

"윽, 징그러!"

유니토는 몸서리쳤다. 하지만 좀비 하나를 제압했다고 끝날 일이 아니었다. 이 도시의 밤거리에는 수십 만의 좀비들이 돌아다녔다. 그리고 대머리 아저씨 좀비를 처리하느라 유니토의 체력은 20퍼센트로 떨어져 있었다. 체력지수가 10퍼센트 아래로 떨어지면 뛸 수 없게 되고 5퍼센트 밑으로 내려가면 졸도를 하게 된다. 그건 좀비들이 달려들어서 눈을 파먹고 손을 아드득 아드득 씹어먹어도 세상모르고 기절해 있어야 한다는 뜻이었다.

방법이 하나 있긴 했다.

찻길이 아니라 공원을 가로질러 가장 가까운 주유소로 가는 것이었다. 주유소에는 일몰에서 다음 날 일출까지만 작동하는 '생존무기 야간 판매 자판기'가 있었다. 유니토에겐 210타파이트가 있으니 저렴한 무기 하나쯤을 구할 수 있을지도 몰랐다. 공원에도 좀비가 없는 건 아니지만 주택가나 찻길에 비하면 반의반 수준도 안 되었다.

좀비들이 몰려오는 소리가 났다. 유니토는 옷가게와 모자가게 사이의 샛길로 뛰어든 다음, 공원 쪽으로 달렸다. 공원의 절반쯤 가로지르는 사이 유니토의 체력은 12퍼센트까지 떨어졌다. 유니토는 체력을 아끼기 위해 숨을 고른 뒤 일부러 비틀비틀 걷기 시작했다. 어차피 깜깜한 밤이니까 비척거리며 걸으면 좀비들도 유니토를 좀비라 착각할지도 몰랐다. 이름 모를 꽃밭을 지나서 마주오던 좀비 하나가 유니토를 발견하곤 걸음을 늦추었지만 이내 관심 없다는 듯 스쳐 지나갔다. 좀비 걸음걸이를 흉내 내는 작전이 효과가 있었던 것이다.

하지만 천사상이 있는 분수대에 다가갈 즈음 모래시계탑 꼭대기의 회전등 불빛이 분수대와 공원을 환하게 훑고 지나갔다. 분수대 뒤쪽에서 걸어오던 좀비가 유니토를 보고는 이를 드러냈다.

캬하하학하하학!

살점이 뜯겨나가긴 했어도 유니토가 아는 얼굴이었다. 마지였다. 정확히는 마지 할머니였던 좀비였다.

마지의 꽃무늬 원피스와 하얀 스카프는 피로 물들어 있었다. 성대가 썩어 버린 마지는 쇳소리로 울부짖으며 유니토에게 달려왔다. 유니토는 오며가며 인사하고 지냈던 이웃 할머니와 싸우고 싶지 않아서 마지 옆쪽을 돌아 주유소 쪽으로 뛰었다. 하지만 주유소를 100미터쯤 앞두고서 유니토의 체력은 10퍼센트로 떨어지고 말았고 더는 뛸 수 없게 되었다. 뒤쫓아 오던 마지와의 거리가 차츰 가까워졌다. 지금 체력으로는 도망치는 것도 마지를 들이받아 없애는 것도 무리였다.

"어떡하지?"

유니토가 발만 동동 굴리고 있는데 마지가 유니토를 향해 훌쩍 날아올랐다. 유니토는 비명을 지르며 눈을 질끈 감아 버렸다. 하지만 마지는 유니토를 덮치지 못했다. 유니토가 다시 눈을 떴을 때 마지는 황금 쇠사슬에 발목이 묶인 채 잔디밭을 구르고 있었다. 그 옆에는 허리춤에 작대기를 꽂은 도마뱀붙이가 손에 묻은 흙먼지를 탁탁 털어내고 있었다. 도마뱀붙이는 주머니에서 손수건을 꺼내어 손을 닦고는 유니토를 쏘아보았다.

"감히 내 주둥이를 때리고 도망쳤겠다! 잇몸이 찢어졌더구나. 옛말에 눈에는 눈 주둥이에는 주둥이라 했다. 원래대로라면 너도 네 놈의 잇몸을 찢어 놔야 한다는 뜻이다. 하지만 나는 관대하단다. 이렇게 따라와서 좀비 할멈에게 뜯겨 먹을 뻔한 걸 구해주기까지 했다. 어떠냐, 유니토, 젖값을 치르고 은혜를 갚는 의미에서 내 하인이 되지 않겠느냐."

상대는 어디서 왔는지도 모를 미치광이 도마뱀붙이였다. 이대로 놈을 따라가면 엄마 아빠와는 영영 못 만날지도 몰랐다. 유니토는 고개를 저으며 뒷걸음질 쳤다.

"싫어. 나는 이 도시의 자유 시민 유니토야. 누구의 노예도 되지 않을 거야."

"흥! 자유 시민? 내가 나서지 않았다면 좀비 밥이 됐을 녀석이 입만 살아 가지고선!"

유니토는 대답 대신 운동화를 벗어서 도마뱀붙이에게 던졌다. 운동화는 정확히 도마뱀붙이의 눈알을 강타했다.

"윽! 내 눈알! 못돼먹은 녀석 같으니라고!"

도마뱀붙이가 눈알을 싸쥐고 뒹구는 틈에 유니토는 재빨리 주유소를 향해 걷기 시작했다.

불빛이 환한 주유소 마당에는 좀비들이 서성거리고 있었다. 유니토는 몸을 구부리고 생존무기 야간 판매 자판기 쪽으로 갔다. 좀비들의 이빨에도 뚫리지 않는 특수 재질 점퍼는 220타파이트, 손잡이에 다이아몬드가 박힌 칼은 400타파이트, 신고 걷기만 해도 전력질주 효과를 낼 수 있는 파워부츠는 600타파이트, 단 한 번밖에 쓸 수 없지만 대신 1킬로미터를 단번에 날아갈 수 있는 플라잉 보드는 620타파이트였다.

자판기의 메뉴들을 살피던 유니토는 한숨을 쉬었다. 유니토가 가진 돈으로 살 수 있는 건 180타파이트짜리 좀비용 끈끈이가 전부였다. 그나마도 좀비용 끈끈이는 바닥에 붙여 놓고 쓰는 것이어서 마구 달려드는 좀비들 앞에선 쓸모도 없었다.

유니토는 주유소 건물을 살폈다. 구할 수 있는 무기가 없으니 몸을 숨길 곳이라도 찾아야 했다. 비상계단을 타고 건물 2층으로 가려는 순간 대형 밴 한 대가 주유소로 들어섰다. 안전차량이었다.

자동 주유기 옆에 정차한 밴의 창문이 열렸다. 유니토는 눈이 휘둥그레졌다. 운전석에 앉은 사람은 엄마였다.

"엄마!"

유니토는 소리치며 계단을 타고 내려가 밴을 향해 뛰었다. 그

기척에 좀비들이 밴 쪽으로 몰려들었다.

"엄마, 나 유니토야! 어서 문 열어!"

하지만 짜그락, 소리와 함께 주유기로 돈이 입금되고, 밴의 주유가 시작되었을 뿐 엄마는 문을 열어 주지 않았다. 엄마 옆쪽으로 아빠의 얼굴도 보였지만 아빠 역시 문을 열려고 하지 않았다. 유니토는 안전차량의 문을 쾅쾅 두드렸다.

"엄마! 아빠! 문 좀 빨리 열어 줘!"

하지만 엄마는 멀뚱하니 유니토를 쳐다볼 뿐이었다. 빨간 단발머리에 까맣고 네모난 뿔테 안경, 분명 엄마였다. 노란색 바가지머리에 입주변의 수염자국, 아빠 역시 유니토의 아빠가 확실했다. 하지만 두 사람은 문을 열어 주지 않았다.

"우린 널 도와줄 수 없단다, 유니토."

"무슨 소리예요?"

"시민안전법을 어기면 우리까지 처벌을 받게 된다. 시민안전법에 따르면 안전차량을 타지 않고 밤중에 돌아다니는 사람은 도와줄 수 없게 되어 있다. 너도 학교에서 배웠으니 알잖니? 좀비들로부터 너 자신을 지키고 싶거든 자판기에서 무기를 뽑으렴."

엄마가 눈을 깜빡거리며 말했다.

"주유가 끝났구나. 우린 예정대로 네 생일 기념 야간외출을 다녀올 테니, 넌 알아서 하려무나."

아빠가 오랜만에 차려입은 정장 재킷의 주름을 펴며 말했다. 아빠의 말이 끝나자마자 엄마가 운전석 창을 올렸고, 두 사람이 탄 안전차량은 주유소를 떠나갔다.

"엄마, 아빠……."

유니토는 다리에 힘이 풀려서 주저앉고 말았다.

좀비들이 까맣게 몰려와서 유니토를 에워쌌다. 유니토의 체력은 6퍼센트로 떨어져 있었다. 똑같은 유니폼을 입은 축구단 좀비들이 유니토를 향해 달려들었다.

하지만 커다란 그림자가 축구단 좀비들을 덮쳤다. 시커먼 괴물이 앞발로 좀비들을 짓이기고 있었던 것이다.

빠자작 빠자작!

좀비들의 뼈 바스러지는 소리가 울렸다. 유니토는 입을 틀어막고 괴물을 올려다보았다. 태어나서 한 번도 본 적이 없는 형태의 괴물이었다. 안전차량만 한 몸집에 머리가 여러 개 달린 놈이었다. 좀비들을 다 밟아 죽인 괴물은 유니토를 내려다보았다. 괴물은 여러 개의 은색 눈알들을 번뜩이며 으르렁거렸다. 그때 괴물 뒤쪽에서 누군가 소리쳤다.

"멍청한 녀석, 뭘 꾸물거리고 있는 게야. 당장 저 녀석을 입에 물지 않고!"

도마뱀붙이의 목소리였다.

괴물은 커다란 송곳니가 보이게 입을 벌렸고…….

다음 날 아침, 어둠이 걷힌 주유소 앞마당에는 줄기만 남은 꽃다발 하나가 덩그러니 놓였다.

보안관 디어루 출동

온라인 클래스 3교시 중간, 노아루의 보안관 배지에서 알람이 울렸다.

메타버스 관리국에서 호출이 온 것이었다. 아루는 메타버스 K관리국 유니시티 보안관청 소속의 2년차 보안관이었다. 주말 보안관으로 채용된 아루에게 평일에, 그것도 수업시간에 출동 명령이 내려지는 건 극히 드문 일이었다.

빠앙!

경적 소리에 창밖을 보니 관리국 지원차량이 도착해 있었다. 보안국장이 종종 쓰는 표현을 빌자면 '엄중한 사안'이 발생한 게 틀림없었다. 집에서 10분 거리 보안관 사무실에 도착하자 털보 보안국장이 서류를 뒤적이며 아루를 맞았다.

"왔는가, 보안관. 잠시만 기다리게. 아, 여기 있군."

보안국장은 서류더미에서 낱장 하나를 따로 뜯어내어 책상에 엎어 둔 다음 아루에게 다가왔다.

"유니시티에 무슨 사고라도 난 거예요?"

유니시티는 K관리국에서 관할하는 도시 연합으로, 열두 개의 가상도시와 다섯 개의 일반 게임 맵으로 이루어져 있었다.

"어제 자네와 동갑내기 시민 하나가 실종되었네. 신체야 K관리국 치료센터에서 잘 관리되고 있지만 문제는 잠에서 깨어나지 않는다는 것일세. 가상현실에서 빠져나오지 못하고 강제 수면상태에 빠진 거지. 아직까지 시스템 오류는 발견된 게 없으니 유니시티 안에 스스로 숨었거나 누군가에 의해 강제로 모습을 감추게 되었거나 둘 중 하나일세."

"가상도시에서 누군가 그 애를 붙잡아 두고 있을 가능성이 있다는 거예요?"

"보호자나 주변인들의 증언에 따르면 실종자 스스로 잠적했을 가능성은 희박한 것으로 보이네. 결국 납치 쪽에 무게를 두어야 한다는 것이지. 가상현실 범죄가 다양해지고 있다는 걸 보안관 자네도 알지 않는가. K관리국에서는 당분간 비공개 수사로 진행하라는 지침을 보냈네. 물론 실종자의 보호자도 동의한 일이야."

"왜 납치 사건을 비공개 수사로 진행해야 하죠?"

"아직 확실하지도 않은 일로 유니시티 시민들을 집단 공포에 빠트릴 수는 없네."

"하지만 시간을 끌다가 납치범이 실종자에게 해코지라도 하면요?"

"공개 수사로 진행한다고 사건 해결이 빨라지는 건 아니네. 그리고 현재까진 납치범한테서 온 연락도 없네. 보통 납치 사건의 경우 가상화폐를 얼마만큼 달라거나 하는 식의 요구가 있게 마련인데 말이지. 이 일이 오리무중인 이유가 그것이네. 이 일이 납치 사건이라 해도 현재로선 납치범의 의도를 알 수가 없어. 섣불리 접근했다가 납치범을 자극하면 상황이 더 나빠질 수도 있어."

"실종자가 스스로 사라졌을 가능성도 있잖아요. 가족이나 주변 사람들이라고 실종자의 생각을 다 꿰고 있는 건 아니잖아요."

"자네 말처럼 자발적인 실종이라 해도 당장에 공개수사를 진행할 필요는 없네. 유니시티 전체가 나서서 자신의 행방을 추적한다는 사실을 알아 좋을 게 없으니까. 생각보다 일이 커졌다는 심리적 압박감에 더 꼭꼭 숨어 버릴지도 모르네. 그러니 사건의 실마리라도 잡은 후에 공개 수사로 전환해도 늦지 않아."

"이렇게 큰 사건은 베테랑 보안관들이 맡아야 하는 거 아니에요?"

지금까지 노아루가 담당한 사건들은 환전소 날치기 사건, 짝퉁 명품 유통 사건 등 단순한 형태의 것들이었다. 접속 기록을 확인하여 범인을 추적한 뒤 체포하면 그만이었다.

"현실의 실종사건이면 당연히 그랬겠지. 하지만 이건 가상도시에서 벌어진 일이네. 부디 자네가 실종자의 시각에서 실종의 마지막 행적들을 추적해 주게."

"실종자의 눈으로요?"

아루가 되물었다.

"그래. 사실 실종자의 마지막 동선들이 조금 이해하기 어려운 구석이 있다네. 범죄의 정황보다는 뭐랄까, 의아하다 해야 할까. 그래서 자네가 또래의 눈으로 실종자의 행적들을 역추적한다면 단서들을 찾을 수 있지 않을까 기대하고 있네. 사실 신고가 접수되자마자 유니시티 정보국에서 실종자의 마지막 접속 지점으로 드론을 보냈네. 하지만 아무것도 발견되지 않았어. 결국 일반적인 수색 방법으로는 한계가 있다는 뜻이야."

마지막 접속 지점에서 갑자기 사라졌다니…… 뭔가 사건의 냄새가 나는 것 같았다. 아루는 벌써부터 사라진 아이의 행방이 궁금해졌다.

"알겠습니다. 이 사건 제가 맡을게요. 실종자가 마지막으로 목격된 곳은 어디죠?"

"환전소였네. '같이 놀자 채소밭' 국경지대의 환전소."

'같이 놀자 채소밭'은 유니시티 북쪽에 위치한 7번 가상도시였다.

"채소밭을 거쳐 6번 도시 '급식빌리지'로 가려던 관광객 하나가 그 아이를 보았다는군."

"관광객이 본 사람이 실종자가 맞다는 증거는요?"

"아이가 자기 몫의 당근화폐를 그 관광객에게 줬다는 거야. 자기는 쓸 일이 없다면서 말이야. 물론 큰 액수는 아니었네. 채소밭 시티에서 딸기주스 한 잔 값도 안 되는 돈이었거든."

그렇다면 이해가 되었다. 유니시티에서는 어떤 형태로든 화폐를 주고받을 때는 반드시 서로의 신분을 확인하도록 되어 있었다. 결국 관광객이 실종자를 보았다는 말은 그의 신분을 확인했다는 뜻이었다.

"비공개 수사라는 점을 명심하게. 유니시티 주민들에겐 가능한 한 신분을 감추는 게 좋아. 나도 유니시티에 접속하지 않을 생각이야. 보안국장이 유니시티에 나타났다는 것만으로 주민들이 불안해할 거야. 뭔가 강력 사건이 발생했다는 증거니까 말일세. 물론 예외적이고 긴급한 사태가 발생하면 최대한 변장을 하고 잠입하겠네. 사안이 엄중하고 시간이 촉박하니 나머지 사항들은 접속 후에 메시지 창으로 직접 전달하도록 하겠네."

"알겠습니다."

아루는 보안관실 옆에 있는 유니시티 접속실로 들어갔다. 가상현실 접속 의자에 착석한 뒤 보안관용 VR 헬멧을 집어 들었다.

"아, 참, 내 정신 좀 보게. 이번에는 보디가드가 같이 움직일 거란 얘기를 안 해 줬구먼."

"보디가드요?"

"그래. '미성년 유니시티 보안관의 위험 작전 투입에 관한 법률'에 따라 자네를 보호해 줄 안전요원을 뽑았다네. 보디가드 전문업체 소속이고, 유니시티에서는 12번 도시에 사무실이 있다는군."

12번 도시는 유니시티 연합도시들 중에 유일하게 하늘에 떠 있는 '라퓨타시티'였다. 라퓨타시티는 훌륭한 경치로 유명했지만 워낙 높은 곳에 떠 있는 천공섬이어서 고소공포증이 있는 사람은 출입할 수 없는 곳이었다.

아루는 뭔가 든든한 느낌이 들었다. 12번 도시의 사무실에서 일하는 보디가드라면 낙하산 정도는 우습게 타는 공수부대 출신일 것이기 때문이다. 보안국장은 책상에 따로 얹어 놓았던 서류 낱장을 아루에게 건넸다.

"여기, 자네 담당 보디가드의 이력서일세."

이력서에는 까맣고 통통한 고양이가 VR 고글을 끌어안은 사진이 있었고 그 아래 '냥구'라는 이름이 적혀 있었다.

"냥구? 설마 이 고양이가 제 보디가드라는 뜻은 아니죠?"

"편견을 버리게, 보안관. '인공지능 동물 가이드 프로그램'의 지원을 받기 때문에 동물 요원도 가상현실에선 인간 못지않은 활약이 가능하다네. 그리고 밑에 프로필을 읽어 보게. 냥구 요원은 강철 동물 3종 경기와 인명구조 동물대회에서 내로라하는 경찰견, 경찰묘를 모조리 따돌리고 우승을 차지한 고양이일세."

"그렇게 우수한 고양이가 왜 경찰묘가 안 되고 보디가드 전문 업체에서 일해요?"

"그게 실은…… 냥구 요원에게 사소한 문제가 있다네. 그래서 정식 경찰묘는 되지 못했고 대신 특기를 살려서 안전요원으로 취직을 한 모양이야. 뭐, 큰 문제는 아니니 걱정 말고 출동하게. 냥구 요원은 라퓨타시티에서 자네가 있는 현장으로 곧장 출발할 걸세."

아루는 어딘가 찜찜한 채로 VR 헬멧을 썼다. 접속 의자 옆에 설치된 모니터에 의사들의 얼굴이 나타났다. 비상사태를 대비해 호흡기내과 전문의와 신경과 전문의가 실시간으로 아루의 몸 상태를 확인하는 것이었다. 헬멧을 활성화하자 아루의 눈앞에 푸른색의 로그인 창이 떴다. 아루는 터치스크린을 두드려서 제 아이디를 입력했다.

유니시티 보안관 ID: Dear_Roo(디어 루)

'디어루'는 아루가 유니시티에서 사용하는 이름이었다.

망막 스캔으로 신원확인 절차를 거친 뒤 출입 승인을 받았다. 이어 어딘가 우스꽝스러운 피아노 연주곡이 울려 퍼졌다. 메타버스 K관리국 공무원들의 가상현실 공식 입장곡인, 베토벤의 〈론도 카프리치오 작품129〉였다. '잃어버린 동전에 대한 분노'라는 제목으로 잘 알려진 이 곡을 입장곡으로 선정한 사람은 K관리국의 2대 국장인 정테라였다. 그 전까지의 입장곡은 간단한 실로폰 소리였다고 했다.

전해지는 이야기에 따르면 정테라 국장은 가상화폐에 전 재산을 투자했다가 망했는데, 그 일 이후로 베토벤의 '잃어버린 동전에 대한 분노'라는 곡에 집착하게 되었다고 한다. 그래선지 아루는 이 곡을 들을 때마다 사라진 동전을 찾겠다고 책상 서랍을 때려 엎는 정테라 국장이 떠올랐다.

약 5초간의 입장 음악이 끝나자 아루의 눈앞에 유니시티 중앙광장의 풍경이 펼쳐져 있었다.

중앙광장은 말 그대로 유니시티의 정중앙에 위치한 광장이었다. 시청과 보안관실, 중앙은행, 법원 등 관공서로 에워싸여 있었고, 광장 중앙에는 유니시티 초대시장 장도철이 세웠다는 거대한 케르베로스 동상이 있었다. 케르베로스는 머리가 세 개 달린 신화 속 개였는데, 각각의 개머리는 유니시티의 설립 이념인 '함께', '자유롭게', '스마트하게'를 상징했다.

인체 비율 3등신의 시민들이 광장을 가로질러 어디론가 바삐들 가고 있었다. 광장 북서쪽 가장자리에는 지난 주말에만 해도 없던 모래 무더기가 있었다. 중앙은행과 법원 사이에 또 다른 관공서를 지으려는 모양이었다. 아루는 모래언덕을 타고 넘은 뒤, 개머리들 중에서도 이빨이 가장 무시무시한 '스마트하게' 담당 개머리 옆을 지나 보안관실로 달려갔다.

"어서 오세요, 디어루 보안관."

까만 뿔테 안경을 쓰고 올림머리를 한 러셀 부인이 디어루를 반겼다.

"안녕하세요, 러셀 부인."

인공지능 NPC✚ 인 러셀 부인은 유니시티 보안관실의 물품 관리자였다.

디어루는 가끔씩 러셀 부인이 사람이 아닐까 의심스러울 때

NPC; Non-Player Character(논-플레이어 캐릭터). 게임 안에서 플레이어가 직접 조종할 수 없는 캐릭터. 주로 게임 제작업체가 만들어서 가상 세계 안에 심어둔 캐릭터를 일컫는 용어다.

가 있었다. 뿔테 안경, 하얀 블라우스, 검정색 A라인 스커트, 올림머리로 고정된 스타일을 보면 NPC가 분명한데, 디어루를 대할 때와 다른 어른 보안관을 대할 때 말투가 달라지는 걸 보면 또 사람 같기도 했다. 하지만 러셀 부인이 일을 기가 막히게 처리한다는 사실만큼은 변함이 없었다.

"우리 디어루 보안관이 비밀 작전에 투입된다고 하더군요. 그래서 작전에 맞는 옷과 무기를 준비해 두었지요."

러셀 부인은 보안관 제복 대신 온도조절 기능과 방탄, 방음 기능이 있는 특수 후드티와 청바지를 입혀 주었다. 그러고는 가죽 끈이 달린 기다란 원통을 건넸다.

"등 뒤로 메고 다녀요. 붓을 담아 다니는 화구통처럼 보이지만 손잡이 부분을 잡으면 칼이 뽑힐 거예요. 일종의 비밀 무기지요. 칼자루에는 손전등 기능도 있으니까 필요할 때 아래쪽에 있는 버튼을 누르시고요. 아, 화구통 맨 아래쪽 부분을 돌리면 전자 수갑이 나올 겁니다."

디어루가 원통형 칼집을 등에 메자 러셀 부인이 출입구 옆쪽 벽면을 가리켰다.

"마지막으로 고성능 킥보드가 준비되어 있습니다. 순찰차를 탈 수 없는 상황이니 다른 이동수단이 필요할 것 같아서요. 속도는 순찰차 못지않으니 조심해서 모시고요."

잠시 후, 파란머리를 양 갈래로 땋고 노란색 후드티에 하늘색 청바지를 입은 3등신 여자아이 하나가 킥보드를 몰고 보안관실을 빠져나갔다.

디어루였다.

안전요원 냥구

디어루는 '함께' 담당 개머리 옆쪽에 킥보드를 세운 뒤 메시지 창을 열었다. 창에는 털보 보안국장이 전송해 준 실종자 정보가 도착해 있었다.

윤희토, 14세.

유니시티 닉네임: 유니토.

달리초등학교 졸업, 현재는 홈스쿨링 중.

취미는 그림 그리기, 가장 좋아하는 책은 생텍쥐페리의 『어린왕자』.

'유니시티 연합뉴스' 윤링크 앵커의 아들.

'뭐? 유니토가 윤링크 앵커의 아들이라고?'

디어루는 눈알이 튀어나올 뻔했다.

디어루는 윤링크 앵커의 오랜 팬이었다. 사실 디어루뿐만 아니라 유니시티의 많은 시민들이 윤링크를 좋아했다. 윤링크는 셔츠 양쪽 소매를 다른 길이로 걷는 습관이 있었는데, 그 패션이 유니시티에서 대대적으로 유행하기도 했다. 심지어는 '같이 놀자, 채소밭'의 토끼와 땃쥐 시민들도 작업복 소매를 좌우가 다르게 걷고 다닐 정도였다.

얼굴을 가득 덮은 동그란 안경과 파란색 단발머리, 똑 부러지는 말투까지, 사람들은 윤링크 앵커의 모든 것을 따라하고 열광했다. 하지만 현실의 윤링크가 어떤 사람인지는 비밀에 부쳐져 있었다. 디어루를 비롯한 유니시티 시민들이 아는 건 윤링크가 유니시티 연합뉴스의 간판 앵커라는 사실뿐이었다.

그런 윤링크가 실종된 아이의 부모였다니!

디어루는 슈퍼스타의 비밀을 엿본 것 같아 심장이 두근거렸다. 하지만 지금은 윤링크가 아니라 유니토에게 집중할 때였다. 디어루는 실종자에 대한 정보들을 마저 읽어 나갔다.

7월 13일, 자신의 열네 번째 생일에 유니시티에서 증발.

7월 13일, 오전 7시 8분, V-CEC-03 환전소에서 마지막으로 목격되었음.

유니시티 최종 접속 기록은 7월 13일 오전 7시 39분, '같이 놀자, 채소밭'

시티 북쪽의 WL-07-ZPI 지점.

실종 당일 차림새는 하늘색 줄무늬 티셔츠에 청바지, 흰색 벙거지 모자.

유니시티는 열두 개의 가상도시와 다섯 개의 일반 게임 맵으로 이루어져 있었다. VR 전문 기기가 아니라 일반 컴퓨터로 접속하는 게임 맵들은 유니시티의 가상도시와 붙어 있지는 않았다. 대신 메타버스 공용화폐 '얍'을 사용함으로써 유니시티의 일부가 되었다. 사용자들은 게임 맵에서 벌어들인 돈을 유니시티 도시들에서 사용하거나 중앙은행에 맡겨서 이자를 받을 수 있었다. 반대로 유니시티에서 번 돈을 게임 맵에서 쓰는 것도 가능했다.

일반 게임 맵에서는 전투나 차량 전복 사고 등으로 캐릭터가 죽을 수는 있지만 실종 사고가 발생하진 않는다. 게임 제작사에서 원래 있던 캐릭터를 다른 캐릭터로 바꿀 수는 있지만 평범한 업데이트 과정일 뿐 실종 사고는 아니었다. 또 캐릭터가 삭제된다고 해서 게이머가 강제 수면에 빠지는 일도 없었다. 유니토는 열두 개의 가상도시 어딘가에 있을 터였다.

유니토는 7월 13일 오전에 마지막으로 목격된 뒤 증발했다.

마지막 접속 지점은 7번 도시 북쪽 국경지대였다. 유니시티 북부에 위치한 7번 도시 '같이 놀자, 채소밭'은 10대들에게 가장

인기가 없는 도시 가운데 하나였다. 그런데 그 재미없는 도시의 국경지대에 갔다는 건 꼭 가야만 하는 이유가 있었다는 뜻이다. 그 답을 알자면 유니토가 아니라 현실의 윤희토에 대한 정보들이 필요했다. 암만 해도 유니시티 연합뉴스 방송국부터 찾아가 봐야 할 것 같았다. 윤링크 앵커라면 현실의 윤희토에 대해 말해 줄지도 모른다.

유니시티 연합뉴스 방송국은 고등학교와 대학교, 각종 시뮬레이션 훈련소와 실험실이 들어서 있는 5번 도시 '스콜라시티'에 있었다. 원래는 중앙광장의 시청과 중앙은행 사이에 자리하고 있었는데 유니시티 초대시장이었던 장도철과의 갈등으로 방송국을 다른 곳으로 옮겨야 했다. 장도철뿐만 아니라 장도철 시장을 지지하는 사람들까지 툭 하면 방송국에 쳐들어갔던 것이다.

문제는 장도철 시장이 시청 근처에다 자기 소유의 음악감상실을 지으면서 시작되었다. 방송국 기자들은 음악감상실 부지를 사고, 음악감상실을 짓는 데 들어간 비용 일부가 시 재정으로 충당되었다는 사실을 폭로했다. 그때부터 장도철과 지지자들의 공격이 시작되었고 결국 방송국은 5번 도시로 이사를 가야 했다.

한편 기자들이 폭로한 내용이 사실로 밝혀지면서 장도철 시장은 쫓겨났고 현재 유니시티 교도소에 갇혀 있다. 유니시티 교도소에 갇힌다는 건 신분이 봉인된다는 뜻이어서, 교도소에서 석방되기 전까지는 유니시티를 비롯한 그 어떤 가상현실이나 SNS에도 접속할 수가 없었다. 은행 인터넷 뱅킹도 불가능했고, 개인 이메일 계정도 정지된다. 결국 장도철은 모든 온라인 활동이 불가능해진 상태였다.

유니시티 교도소는 8번 도시인 '나의 살던 고향' 아래쪽에 자리하고 있었다. '나의 살던 고향'은 해안 침수나 댐 공사 등으로 물에 잠긴 마을들을 가상현실로 복원해 놓은 곳으로, 유니시티의 남부에 위치한 도시였다. 교도소는 그 도시보다 더 아래, 사실상 유니시티의 남쪽 끄트머리에 있었다.

신입 보안관 훈련을 받을 당시 디어루도 교도소를 둘러본 적이 있었다. 수십 명의 죄수들이 잔디 정원에서 살인 진드기 잡기 미션을 수행하고 있었는데 다들 똑같은 죄수복 차림이라 누가 장도철인지는 알 수 없었다. 아무튼 언론의 자유를 찾아 스콜라시티로 옮겨 간 유니시티 연합뉴스 방송국이 디어루의 첫 번째 목적지였다.

시청 광장에서 스콜라시티로 가려면 다른 도시들을 거쳐 가야 했다.

게임 맵의 순간 이동 기능이 유니시티에서는 법적으로 금지되어 있었다. 유니시티 시민법의 '도시 간 상호 존중' 조항에 따라 다른 도시에 들어갈 때는 반드시 경계지역 검문소를 거쳐야 했다. 또한 유니시티의 12번 도시이자 유일한 하늘섬인 라퓨타 시티를 드나들 때를 제외하고는 비행선이나 헬기를 사용할 수도 없었다.

중앙광장과 스콜라시티 사이에는 서쪽에 위치한 3번 도시와 동쪽에 위치한 2번 도시가 있었다. 2번 도시는 옷 잘 입는 사람들과 인기 많은 사람들만 모인다는 '인사이더 루트'였고 3번 도시는 종교인들의 도시인 '나무아멘인샬라타불' 시티였다.

이동시간을 줄이려면 3번 도시를 통과하는 편이 나았다. '나무아멘인샬라타불' 시티에서는 메타버스 공용화폐 '얍'을 사용할 수 있기 때문이다. 얍은 메시지 창을 통해 주고받는 형태의 가상화폐여서, 지갑을 따로 들고 다니지 않아도 되었다. 하지만 유니시티의 모든 도시들이 얍을 받아들인 것은 아니었다. 인사이더 루트를 비롯한 세 개 도시✚는 자신들만의 고유화폐를 고집하고 있었다.

공용화폐를 받지 않는 도시에 들어가려면 환전소에 들러서 얍을 그 도시의 고유화폐로 바꿔야 했다. 인사이더 루트의 화폐는 유명 농구선수의 이름을 붙인 '조나단'이라는 운동화였다.

✚ 2번, 4번, 11번 도시들이다. 2번 도시 '인사이더 루트'는 조나단 운동화 화폐를 쓰고, 4번 도시 '친구야, 매점 가자'는 알밤 화폐를 쓴다. 또 11번 도시 '멸종동식물 복원 지구'는 이끼 화폐를 사용한다.

운동화 한 짝으론 티셔츠 한 장, 한 켤레로는 점퍼 하나를 살 수 있었다. 디어루는 환전소를 들르는 번거로움을 덜기 위해 중앙 광장 북서쪽에 위치한 종교인들의 도시로 향했다.

중앙광장과 '나무아멘인샬라타불' 시티의 국경 검문소에서 신분 확인 절차를 거쳤다. 보안관들은 순찰차의 자동 신분 확인 장치 덕에 국경을 바로 통과할 수 있었다. 하지만 디어루는 보안관 신분을 숨긴 상태라 다른 사람들과 똑같이 줄을 서서 차례를 기다려야 했다. 러셀 부인이 미리 손을 써둔 덕에 디어루는 일반 관광객으로 등록이 되어 있었다.

"관광객 디어루 씨, '나무아멘인샬라타불' 시티에 온 것을 환영합니다. 통행료는 5얍입니다."

메시지 창의 지갑 버튼을 눌러 통행료를 지불했다. 다시 킥보드를 타려는데 머리 위쪽 하늘이 어둑해졌다. 라퓨타시티의 시민인 듯한 누군가가 노란풍선 수십 개를 붙잡고서 천천히 내려오고 있었다. 디어루 앞에 가뿐하게 착륙한 이는…… 얼룩무늬의 뚱뚱한 고양이였다. 고양이는 풍선을 다시 하늘로 날려 보냈다.

디어루는 한숨을 내쉬며 고양이를 내려다보았다.

느낌상 냥구였다.

고양이는 유니시티 속 제 모습을 확인하려는지 앞발로 배를 만져 보고 고개를 틀어서 엉덩이와 꼬리도 보았다.

"하얗고, 까맣고 또 하얗고 또 까맣고! 아, 맘에 들어! 이제 달마시안 녀석 하나도 안 부러워."

고양이는 새 옷을 자랑하는 사람처럼 두 팔, 아니 두 앞다리를 활짝 펼치고서 두 바퀴나 맴을 돌았다. 그런 뒤에야 디어루를 올려다보며 알은척을 했다.

"안녕, 파란머리 디어루. 나는 냥구야."

냥구가 불쑥 앞발 하나를 내밀었다. 악수를 하자는 것 같아서 디어루도 일단 그 앞발을 잡았다 놓았다.

"그래, 반갑다."

"나에 대한 설명은 들었지? 이를테면 강철 동물 3종 경기나 인명구조 동물대회 같은 거 말이야."

"응, 이력서에서 봤어. 그런데 너한테 무슨 문제가 있어서 경찰묘가 못 되었다면서? 어떤 문제였는지 말해 줄 수 있어? 같이 다니려면 그 정도는 알아 둬야 할 것 같아서."

"그게 말이지……."

냥구는 앞발 하나로 턱을 긁으며 말을 이었다.

"기억상실증이라고 해야 할까. 가끔씩, 짧게는 30초 길게는 5분에서 10분 정도의 기억이 사라질 때가 있어. 그렇다고 내가 누군지 까먹는다거나 파트너를 못 알아본다거나 하진 않아. 그냥 잠깐 동안의 기억이 없어지는 거야."

그 정도면 심각한 문제는 아닌 듯했다. 디어루도 온라인 클래스 때 꼬박꼬박 조느라 시간과 기억을 뭉텅이로 잃어버릴 때가 있으니까.

디어루는 첫 번째 목적지를 일러 준 뒤 냥구를 킥보드 앞쪽에 태웠다. 하지만 킥보드의 시동을 걸기도 전에 검문소 직원에게 다시 불려가야 했다.

"디어루 씨, 반려동물이 있다는 말씀은 안 하셨잖아요. 여기 신고서를 작성하시고, 반려동물 통행료 3얍을 추가로 지불하셔야 합니다."

결국 디어루는 냥구의 신고서를 쓰고 통행료까지 지불한 뒤에야 킥보드를 출발시킬 수 있었다.

"꽉 잡아!"

킥보드는 드디어 종교인들의 도시로 접어들었다.

유니시티 통합 관리 시스템에 따라 통행료를 지불하고 다른 도시로 들어가면 인체비율이나 특징이 그 도시 사람들을 따라가도록 되어 있었다. 종교인들의 도시 사람들은 4등신 인체비율에, 머리 위쪽에는 종교 상징물을 하나씩 띄우고 다녔다. 디어루와 냥구도 4등신 아이와 고양이로 바뀌었고, 둘의 머리 위에는 종교가 없다는 뜻의 하얀 뭉게구름이 떠 있었다.

3번 도시에 들어선 뒤로 킥보드는 생각보다 속도를 내지 못했다.

두 가지 장애물 때문이었다.

첫 번째 장애물은 거리 곳곳에 쌓여 있는 모래더미였다. 지름길 골목들이 모래더미에 막혀 있을 때가 많아서 킥보드의 내비게이션이 새로운 경로를 찾느라 애를 먹고 있었다. 중앙광장과 마찬가지로 종교인들의 도시에도 새 건물이 들어서려는 모양이었다.

두 번째 장애물은 불쑥불쑥 앞을 가로막는 사람들이었다. 디어루와 냥구의 머리에 떠 있는 뭉게구름을 보고는 자기네 종교를 전파하기 위해 달려드는 것이었다. 이 도시에서는 전도를 하는 사람들을 모욕하면 처벌을 받았다. 따라서 잽싸게 달아나는 것 말고는 방법이 없었다. 킥보드 방향을 돌려가며 요리조리 도망쳤지만 대성당들 사이의 지름길에서 일이 벌어지고 말았다.

"거기 두 분! 두 분을 위해 대성당들의 문이 활짝 열려 있습니다."

수도사 옷을 입은 남자가 킥보드를 막아섰다. 그러더니 양팔을 벌리며 골목이 떠나갈 듯 노래를 부르는 것이었다.

"일레 브니 르 땅 데 까떼드랄레! 르 몽데 앙트레 당성 누보 밀레네흐!"✚

🔍 "대성당들의 시대가 찾아왔어! 이제 세상은 새로운 천 년을 맞지!", 뮤지컬 <노트르담 드 파리> 중에서 '대성당들의 시대' 가사 일부.

대체 무슨 노래를 하는 건지 귀청이 찢어질 것 같았지만 길이 좁아서 피해 갈 방법이 없었다. 남자는 노래가 끝나자 디어루를 향해 씩 웃어보였다.

"대성당을 둘러본 뒤 짤막한 교리 강의를 들으면 2얍을 드리겠습니다. 물티슈와 에너지 젤리도 덤으로 드려요."

"괜찮습니다. 급한 일이 있어서 얼른 가 봐야 해요."

디어루의 대답에 수도복 차림의 남자가 갑자기 성을 냈다.

"이렇게, 노래까지 불러 주고 정중하게 부탁까지 했는데 감히 거절을 해?"

그러더니 갑자기 수도복을 벗어서 똘똘 뭉친 다음 디어루에게 붕붕 휘두르는 것이었다.

그 순간…… 냥구가 디어루 앞으로 튀어나갔다.

"지금 우리 디어루를 폭행하는 거야?"

냥구는 두 주먹을 꽉 쥐고서 말을 이었다.

"냥구한테 혼난다!"

"냉구한테 혼낸대!"

수도복 차림 남자가 입을 삐죽거리며 냥구의 말투를 따라했다.

"으윽! 으윽! 놀리는 게 세상에서 제일 싫어! 나 화났어! 킹구열 받았다고!"

냥구는 허공에서 두 바퀴 공중제비를 돌다가 그대로 상대의 얼굴에 들러붙었다.

"으아악!"

비명이 허공을 가르고, 얼굴 가득 발톱자국이 난 사람 하나가 길바닥에 널브러져 있었다. 냥구는 오른쪽 뒷발로 탁탁 바닥을 차며 다시 한 번 공격할 태세를 갖추었다.

"냥구, 그만해! 그 정도면 됐어!"

"냥구? 냥구가 누군데? 인간들은 자꾸 나를 냥구라 부르더라. 나는 킹구란 말이야, 킹구!"

그러더니 쓰러진 사람 몸통 위로 뛰어올라서 앞발로 찰싹찰싹 따귀를 때리는 것이었다.

"멈춰! 더 때리면 체포할 거야!"

"네가 뭔데 날 체포해? 킹구 일에 신경 꺼!"

디어루는 호주머니에 숨겨 두었던 보안관 배지를 슬쩍 꺼내 보이며 냥구에게 귓속말을 했다.

"유니시티 보안관 디어루다. 당장 그만두지 않으면 전자 수갑을 채워서 고양이 감옥에 보낼 거야."

그제야 냥구도 사람의 몸통에서 내려왔다. 얼룩무늬 고양이는 일을 홀가분하게 마무리했다는 표정으로 앞발을 탁탁 털었다. 그러다가 갑자기 멍한 표정으로 디어루를 올려다보는 것이었다.

"디어루, 방금 무슨 일이 있었던 거야?"

"네가 저 사람을 공격했잖아."

냥구는 디어루가 가리키는 쪽으로 고개를 돌렸다가 펄쩍 뛰었다.

"어휴, 깜짝이야! 저 사람 얼굴이 왜 저래?"

"왜 저러긴! 네가 할퀴었잖아."

"무슨 소리야? 나는 파리 한 마리도 쉽게 못 죽이는 고양이야. 보디가드 일을 해도 최대한 방어만 하지 저렇게 무지막지하게 사람을 공격하진 않는다고."

아무래도 냥구는 좀 전의 일을 기억 못 하는 듯했다.

'설마 아까 말한 기억상실증이 저거야?'

디어루는 앞으로의 일들이 슬슬 불안해지기 시작했다. 하지만 더 따져 묻지 않고 냥구를 킥보드에 태웠다. 윤링크 앵커를 만나보고 유니토의 행방을 추적하려면 1분 1초가 급한 상황이었다.

윤링크를 만나다

유니시티 연합뉴스 방송국 앞에 도착한 것은 중앙광장의 보안관실을 떠난 지 두 시간 만이었다.

디어루는 메시지 창을 열어 문자로 보안국장을 호출했다.

디어루, 냥구 방송국 도착.

국장님, 연결 바람.

통화 중에는 실종자 개인정보 보호를 위해 '땡땡땡'이라 하겠습니다.

2분쯤 후 메시지 창에 국장의 모습이 나타났다. 혹시라도 다른 사람들이 알아보지 못하도록 커다란 단팥빵 필터로 얼굴을 가린 채였다. 단팥빵은 보안국장이 가장 좋아하는 간식이었다.

"땡땡땡에 대한 정보 중에 『어린왕자』를 넣은 특별한 이유라도 있습니까? 좋아하는 노래나 색깔, 연예인 같은 것도 있을 텐데 책만 언급되어 있어서요."

"땡땡땡이 『어린왕자』 책을 좋아하기도 하고 최근 바꾼 SNS 프로필 사진들도 다 그 책에서 따온 이미지들이었네. 그 취향이 가상도시에서도 이어지고 있을 거라 판단했네."

"유니시티에서 땡땡땡이 가장 자주 가던 곳은 어디죠?"

이제는 실종자에 대한 상세 정보들이 필요한 때였다.

"보호자의 직장이 있는 스콜라시티에서 주로 시간을 보낸 것으로 확인되었네. 가장 많은 접속 기록이 남은 곳은 스콜라시티 도서관이네. 도서관만큼은 아니지만 7번 도시 근처 WL-07-ZPI 지점에도 자주 갔던 것으로 파악되었네. 위치 정보는 문자로도 남겨 놓도록 하지."

"그리고 7월 13일에 마지막으로 목격된 후부터 실종되기 전의 유니시티 접속 기록도 필요합니다."

"안 그래도 정보들을 간추려 놓았다네. 엇, 잠시만 기다리게!"

화면에서 사라졌던 국장은, 심심해진 냥구가 NPC 나비를 쫓아다니고 있을 즈음에야 돌아왔다.

"11번 도시에서 신고가 들어와서 처리하고 왔다네. 어디까지 얘기했더라, 그래, 접속 기록! 자네에게 전달할 내용은 7월 11일부터 13일까지, 사흘간의 접속 기록일세."

"3일간의 기록만 준비하신 이유는 뭐죠?"

"그전에도 땡땡땡은 종종 WL-07-ZPI에 갔던 것으로 확인되었네. 하지만 기껏해야 일주일에 한 번 정도였지. 그것도 한 시간 정도만 머물다가 7번 도시로 돌아왔지. 하지만 지난 사흘 동안 땡땡땡은 연달아 그 지점으로 갔네. 머문 시간도 예전보다 길었고 말이야."

잠시 후 메시지 창에 유니토의 접속 기록이 도착했다.

— 7월11일: 오후 4시부터 7시 40분까지 WL-07-ZPI 지점에 체류. 그 이후에 국경을 따라 스콜라시티 서쪽 W-2 검문소 근처로 돌아옴.

— 7월 12일: 오후 2시 30분경에 스콜라시티 북쪽 검문소를 통해 7번 도시로 이동한 다음, 3시 1분경에 WL-07-ZPI 지점에 도착. 이후 7시 47분까지 머물다가, 접경지대를 따라 W-2 검문소로 돌아옴.

— 7월 13일: 오전 6시 37분경에 스콜라시티 W-2 검문소를 통과해서 접경지대로 나감. 이어 7시 8분에 같이 놀자, 채소밭 시티의 V-CEC-03 환전소에서 마지막으로 목격. 7시 55분에 WL-07-ZPI 지점에서 통신 두절.

* 윤링크 기자에게 연락을 해 두었으니 만나 보도록.

러셀 부인이 방송국 출입허가 신청을 해 놓은 덕에 디어루는 곧장 면회실로 이동할 수 있었다. 냥구는 킥보드를 오래 타서 피곤한 건지 고양이라 원래 잠이 많은 건지, 면회실에 들어서자마자 긴 의자에 몸을 말고 잠이 들었다.

잠시 후 파란 단발머리의 윤링크 앵커가 면회실로 들어왔다.

"우리 아이 사건 담당 보안관이죠? 안 그래도 보안국장님께 연락 받고 기다리고 있었습니다."

그 유명한 윤링크 앵커의 음성이었다.

"반갑습니다. 보안관 디어루입니다."

디어루는 사인을 받고 싶은 걸 꾹 참고 유니토에 대한 질문으로 들어갔다.

"유니토가 스콜라시티 도서관 열람실에 자주 갔다고 들었습니다."

"도서관에서 진행하는 교육 프로그램에 참여하곤 했어요. 끝나면 열람실에서 혼자 그림을 그리며 시간을 보냈고요."

거기까진 보안국장이 준 자료에서 이미 확인한 사실이었다.

"주로 어떤 그림을 그렸는지 아세요?"

"책에 있는 삽화들을 따라 그리는 걸 좋아했다고 그러더라고요."

그러더라……. 그건 누군가에게 전해 들었다는 뜻이었다.

"그림을 직접 보신 적은 없나요?"

"그게…… 올해 들어 제가 좀 바빴습니다. 아시겠지만 10번 도시가 몇 달째 소란스럽지 않습니까. 그 일로 방송국도 일이 많아졌고요."

유니시티 10번 도시의 문제라면 디어루도 잘 알고 있었다.

10번 도시는 세상을 떠난 가족, 연인, 반려동물 들의 모습을 가상현실로 복원해 놓은 '다시 만나요' 시티였다. 사랑하는 이를 떠나 보낸 사람들은 일정한 요금을 지불한 뒤 10번 도시에 추모 공간을 만들 수 있었다.

하지만 올봄부터 10번 도시를 노펫존으로 만들자는 움직임이 일기 시작했다. 자기 가족이 동물들과 같은 취급을 받는 게 싫다는 사람들이 모여서 목소리를 낸 것이었다. 노펫존을 반대하는 사람들은 반려동물도 가족이라며 맞섰다. 그 과정에서 충돌이 벌어진 것이었다. 디어루도 순찰차를 몰고 그 현장에 다녀온 적이 있었다.

"지나는 말로 요즘은 무슨 그림을 그리느냐고 물어본 적은 있어요. 그런데 씩 웃기만 하고 대답을 안 해 주더군요. 부쩍 비밀이 많아졌달까요. 전에는 하나부터 열까지 아빠한테 다 이야기하더니."

"아빠요?"

"아, 제가 유니토의 아빠라는 건 알고 오신 거죠?"

"아, 그…… 그럼요."

귀여운 단발머리 윤링크의 정체는 유니토의 아빠였다. 유니시티에서는 나이나 성별을 자유롭게 설정할 수 있기 때문에 겉모습만 보고 그 사람의 실제 모습을 판단해서는 안 되었다. 그걸 알면서도 지금껏 디어루는 윤링크가 언니일 거라고 철석같이 믿고 있었던 것이다. 유니토가 윤링크의 아들이라는 사실을 알았을 때도 당연히 엄마일 거라 생각했다. 아이돌처럼 눈에 띄는 모습의 언니는 아니더라도 여자일 거라는 확신은 흔들리지 않았던 것이다. 사실 디어루의 파란머리도 윤링크의 헤어 컬러를 따라한 것이었다. 하지만 디어루는 실종자 가족에게 실망스러운 기색을 내비칠 만큼 무책임한 보안관이 아니었다.

"유니토가 7번 도시 쪽으로 자주 갔다는 건 알고 계셨나요?"

디어루는 땋은 머리를 만지작거리며 질문을 이어갔다.

"사실 그것도 이번에 처음 알았습니다. 유니토가 '같이 놀자, 채소밭' 시티에 가서 놀았다는 게 의외였어요. 농장 일이나 채소 같은 데 관심을 보인 적이 없거든요. 농장 게임을 좋아하지도 않았고요. 활동기록을 보니까 채소밭을 가꾸거나 채소를 구매한 적도 없더라고요. 그런데 대체 거길 뭐 하러 간 건지……."

"특히 7월 11일과 12일에는 스콜라시티와 급식빌리지 사이의 국경지대를 지나다닌 것으로 확인되었습니다. 사람들이 지나다니는 길도 아닌데 유니토는 왜 그쪽 길로 갔을까요?"

"우리 애가 접경지대를 오갔다고요?"

윤링크는 두 손으로 얼굴을 가리며 말을 이었다.

"내가 우리 아이에 대해 너무 몰랐다는 생각이 드네요."

"7월 11과 7월 13일 사이에 유니토에게 별다른 일은 없었나요? 그러니까 현실의 윤희토 말입니다."

"평소와 다를 게 없었어요. 제가 8시쯤 퇴근해서 장을 봐서 집에 가면 희토가 청소기와 세탁기를 돌려놓고 기다리고 있었고요. 같이 늦은 저녁을 먹고 홈스쿨 과제를 검사했죠. 그다음부터는 저는 집안일을 마무리하고 희토는 자기 방에서 책을 읽거나 게임을 하다가 잠이 들었어요. 이번 생일에는 한강에 가서 야간 유람선을 타고 거기서 저녁을 먹을 예정이었어요. 폴라로이드 사진기도 챙겨 가자 그랬는데……."

윤링크가 깊은 날숨을 뱉었다.

"사실 유니토가 실종되고 나서부터 여기서 일하는 걸 후회하고 있어요. 날마다 유니시티로 출근을 하니까 우리 애도 나 따라서 반나절씩 접속을 했거든요. 살다가 이 가상도시 안에서 아이를 잃어버릴 줄은 꿈에도 몰랐습니다. 보안관 님, 유니토 좀 꼭 찾아 주세요."

윤링크는 부탁의 말을 남기고 먼저 면회실을 떠났다.

디어루도 떠날 채비를 하는데 면회실 구석에서 코 고는 소리가 들려왔다. 냥구가 곯아떨어진 것이었다.

"이봐, 보디가드! 그만 일어나."

앞다리를 건드려 보았지만 냥구는 디어루의 손을 뿌리치며 돌아누웠다.

"더 잘 거야."

"근무 시간에 잠을 자는 안전요원이 어디 있어? 너 안 일어나면 그냥 두고 간다!"

그제야 냥구는 눈을 비비며 일어나 앉았다.

"히잉, 누가 자꾸 깨우는 거야? 힝구 더 자고 싶은데. 힝구는 하루 스무 시간씩 자야 돼."

고양이가 징징거리며 다리를 버둥거렸다.

"힝구는 또 누구야? 얼른 잠 깨고 출발해야지."

"힝구가 누구냐고?"

고양이는 디어루를 올려다보며 말을 이었다.

"힝구는 당연히 나지, 누구긴 누구야. 그러는 너는 누구야?"

그러고는 디어루를 처음 보는 것처럼 눈을 깜빡이는 것이었다.

'맙소사!'

냥구의 증상은 단순한 기억상실증이 아니었다. 기억들이 사라지는 게 아니라 냥구가 킹구가 되었다가 힝구가 되었다가 하는 것이었다. 냥구는 킹구와 힝구 시기의 자신을 기억하지 못하고, 그건 킹구와 힝구도 마찬가지인 듯했다. 냥구가 경찰묘가 되지 못한 건 기억상실증 때문이 아니었다. 녀석 안에는 여러 개의 자아가 존재했다.

디어루는 팔짱을 끼고서 힝구가 냥구로 돌아올 때까지 기다렸다.

1분쯤 지나자 고양이가 디어루의 옷소매를 잡아끌었다.

"저기…… 디어루, 내가 또 기억을 잃은 거야?"

"돌아왔으면 됐다. 일단 가자!"

디어루는 냥구를 데리고 방송국에서 나왔다.

다음 목적지는 실종자가 유니시티에서 가장 많은 시간을 보냈다는 도서관이었다.

단서를 찾아서

항공대학교의 비행 시뮬레이션 실습센터와 의과대학의 해부학 실습실을 차례로 지나자 도서관 건물이 나왔다. 관장과 사서들은 회의 중이었고 대신 NPC가 디어루를 맞아 주었다.

"어서 오세요, 디어루 씨. 안내원 러셀입니다. 우리 도서관은 처음이시군요."

"안녕하세요, 러셀 씨."

올림머리에 뿔테 안경, 하얀 블라우스에 발목까지 오는 검정색 A라인 스커트까지, 러셀 부인과 똑같이 생긴 NPC였다. 유니시티 시민들의 혼란을 줄이기 위해 인간 NPC는 몇 가지 정해진 유형대로만 만들어졌다. 그중에서도 '러셀'은 관공서나 도서관에서 많이 쓰는 NPC였다.

보안관 신분을 밝힐 수 없는 상황이라 무턱대고 유니토에 대한 정보를 캐물을 수가 없었다. 디어루는 도서관에서 진행하는 교육 프로그램을 조사하고 다니는 학생인 척했다.

"올해 스콜라시티 도서관에서 진행한 프로그램들 정보를 얻을 수 있을까요?"

하지만 러셀 씨는 디어루의 요구를 순순히 들어줄 마음이 없는 듯했다.

"우리 도서관으로 말할 것 같으면 매달 평균 30만 명의 이용자가 다녀가는 곳으로서, 유니시티 도서관들 중에 가장 활성화된 곳이라 할 수 있습니다. 또한 이용자들의 성향을 분석한 맞춤형 전자책 배치 시스템을 도입하고……."

질문과는 상관없는 도서관 소개와 자랑이 줄줄이 이어졌다. 보안관실의 러셀 부인과 달리 도서관의 러셀 씨는 융통성이라곤 없는 인공지능인 듯했다. 따분한지 하품을 해대는 냥구를 위해 디어루는 자기 메시지 창에 물고기 영상을 틀어 주었다. 곰치 영상이 끝나고 열대어 영상이 시작되었을 즈음에야 러셀 씨는 디어루가 말한 자료를 내주었다.

올해 봄부터 여름까지 도서관에서 진행된 교육 프로그램은 모두 여섯 가지. 그중에서 청소년의 참여가 가능한 프로그램은 두 가지였다. 하나는 가상도시 맵 설계 기초 이론이었고 다른 하나는 삽화 드로잉이었다. 책 속 삽화들을 따라 그리는 걸 좋아했다던 것으로 보아 유니토가 참여한 프로그램은 삽화 드로잉이었을 것이다. 삽화 드로잉은 5월 한 달 동안 진행되었고, 신청자는 스콜라시티 도서관에 입장하기만 하면 24시간 언제든 강의를 들을 수 있었다. 유니토는 아마도 이 프로그램을 듣고 열람실에서 혼자 그림을 그렸을 것이다.

"삽화 드로잉 수업에 참여한 사람들의 작품을 좀 볼 수 있을까요?"

"수강생들이 도서관 홍보용으로 공개해도 좋다고 동의한 작품들은 보여 드릴 수 있습니다. 기다리세요."

잠시 후 러셀 씨가 디어루의 메시지 창으로 자료집을 보내 주었다.

'스콜라시티 중앙도서관 삽화 드로잉 수강생 대표작'이라는 제목의 팸플릿이었다.

그림을 하나하나 넘겨 보던 디어루는 마침내 유니토의 작품을 찾아냈다. 어린왕자와 여우가 사막의 모래언덕에 서서 멀리 있는 오아시스를 내려다보는 그림이었다. 그림 밑에는 『어린왕자』에서 따온 듯한 '사막이 아름다운 건 어딘가에 샘이 있기 때문입니다.'라는 긴 제목이 적혀 있었다. 유니토가 『어린왕자』를 좋아한다는 건 이미 아는 사실이었다. 결국 유니토의 그림에는 단서라 할 만한 게 없는 셈이었다. 유니토의 실종과 관련된 단서는 그 애의 작품이 아니라 다른 곳에 있을 수도 있었다.

"삽화 드로잉 수업을 들은 사람들 중에 수상한 자는 없었습니까?"

"수상한 자라니요?"

"이를테면 다른 학생을 스토킹한다거나 이상한 걸 캐묻고 다닌다거나."

"지금까지 우리 도서관에 와서 이상한 걸 캐물은 사람은 디어루 씨가 유일합니다. 도서관에 와서 범죄자를 찾고 있지 않습니까."

디어루는 러셀 씨의 따가운 눈초리를 받으며 도서관을 나와야 했다.

이번 탐문의 성과는 기대 이하였다.

이렇다 할 단서가 없으니 이제는 유니토가 갔던 길을 따라가 보는 수밖에 없었다.

7월 11일부터 13일까지 유니토는 스콜라시티 서쪽 W-2 검문소와 7번 도시인 '같이 놀자, 채소밭'의 국경지대를 오갔다. 그리고 접속 기록에 따르면 실종자가 스콜라시티 다음으로 자주 간 장소는 7번 도시 근처 WL-07-ZPI 지점이었다.

디어루는 메시지 창에 유니시티 지도를 불러냈다. 도서관에서 WL-07-ZPI 지점으로 가는 지름길은 스콜라시티 북쪽으로 곧장 이동한 다음 검문소를 통과하여 채소밭으로 넘어가는 경로다.

디어루가 궁금한 건 두 가지였다.

유니토는 왜 지름길을 두고 접경지대를 따라 걸었을까?

왜 5번 도시와 6번 도시 사이의 접경지대여야 했을까?

스콜라시티에서 WL-07-ZPI 지점으로 가는 접경지대는 두 가지다. 5번 도시 스콜라시티와 6번 도시 급식빌리지 사이의 접경지대 그리고 5번 도시 스콜라시티와 7번 도시 '같이 놀자, 채소밭' 사이의 접경지대. 하지만 유니토의 선택은 언제나 5번과 6번 도시 사이의 길이었다.

보안국장을 호출하자 잠시 후 메시지 창에 단팥빵 얼굴이 등장했다.

"실종자가 7월 11일 전에도 접경지대에 간 적이 있나요? 꼭 5번과 6번 도시 사이의 접경지대가 아니어도요."

"지난 반년 동안의 접속 기록을 확인했지만 실종자가 접경지대의 철조망 길을 이용한 건 7월 11일이 처음이네. 그동안은 스콜라시티 북쪽 N-2 검문소를 통해 7번 도시로 들어간 것으로 확인되었네."

그전까지는 보통 사람들처럼 목적지와 가장 가까운 검문소로 곧장 이동했다는 뜻이었다.

"7번 도시 채소밭 환전소에서 마지막으로 목격됐을 때 실종자한테 뭔가 특이한 점은 없었나요?"

"평범한 관광객처럼 보였네. 최소 환전 금액인 10얍을 7번 도시 화폐로 바꾼 게 전부야."

"영상은 없나요? 환전소는 특수시설이라 영상이 남아 있을 텐데요."

"자네한테 영상을 전송하라고 정보국에 신청해 두겠네."

"알겠습니다."

디어루가 통화를 끝내려는데 보안국장이 냥구의 안부를 물었다.

"안전요원은 어떤가? 일은 잘 하는가?"

디어루를 경호할 만큼의 전투력을 갖췄느냐는 질문이라면 답은 당연히 '네!'였다. '나무아멘인샬라타불' 시티의 대성당 골목에서 수도복 차림의 남자를 순식간에 할퀴고 때려눕히는 걸 두 눈으로 똑똑히 봤으니까. 문제는 그게 냥구가 한 일이 아니라는 점이었다. 냥구의 또 다른 자아인 킹구가 한 일이었다.

"좀 더 지켜봐야 할 것 같아요."

"아직 냥구 요원이 실력을 발휘할 기회가 없었던 모양이군."

보안국장은 단팥빵과 함께 화면에서 사라졌다.

디어루는 스콜라시티 서쪽 W-2 검문소를 향해 킥보드를 몰았다.

검문소 직원은 코에 코뚜레 모양의 피어싱을 한 금발머리 남자였다.

"6번 도시에는 어떤 일로 가시는 거죠, 디어루 씨?"

"급식빌리지가 아니라 '같이 놀자, 채소밭' 시티에 가려고요. 접경지대를 구경하면서요."

"접경지대는 철조망과 황무지밖에 없다는 거 알고 계시죠?"

"철조망 길을 걸어 보고 싶어서요."

"뭐, 취향은 다양하니까요. 오른쪽 출입구로 나가시면 됩니다. 요금은 반려동물 통행료까지 합쳐서 5얍입니다."

메시지 창의 전자지갑으로 통행료를 지불하며 디어루가 물었다.

"혹시 며칠 전에도 저처럼 접경지대로 나가는 관광객이 또 있지 않았나요?"

"그건 모르겠네요. 오늘이 검문소 첫 출근이어서요."

"기록을 확인해 보면 알 수 있지 않을까요?"

"검문소 출입기록은 아무나 볼 수 있는 게 아닙니다, 디어루 씨. 보안관의 요청 같은 특별한 경우에 한에서만 공개하도록 돼 있지요."

디어루는 내가 바로 보안관이라고 밝히고 싶은 걸 꾹 참고서 직원이 말한 출입구로 향했다.

5번 도시 스콜라시티와 6번 도시 급식빌리지의 접경지대.

디어루와 냥구 외에 살아 움직이는 것이라곤 철조망 꼭대기에 바보 같은 얼굴로 앉아 있는 NPC 새들뿐이었다. 철조망 너머는 온통 자갈밭이어서 풍경도 단조롭기 그지없었다.

유니시티 사람들은 자유롭게 다른 도시들을 여행할 수 있었다. 신분만 확실하면 도시 간 검문소를 거쳐 어디든 갈 수 있었다. 하지만 도시와 도시 사이의 경계 지역은 '접경지대'라는 이름으로 엄격하게 관리되고 있었다. 도시별로 관리 책임이 있는 회사가 다른 탓이었다.

예를 들어 7번 도시 '같이 놀자, 채소밭'은 유니콘소프트라는 게임회사에서 제작한 도시였고, 6번 도시 급식빌리지는 고래전자에서 만든 도시였다. 그래서 두 도시의 경계 지역에 문제가 생기면 철조망을 기준으로 어느 회사의 책임인지 판가름하게 된다. 철조망 너머 6번 도시 쪽 자갈밭에 미등록 NPC가 나타난다거나 시스템 오류로 싱크홀이 발생하면 고래전자가 모든 책임을 져야 한다는 뜻이었다. 반대로 지금 디어루와 냥구가 있는 쪽에서 일이 벌어지면 그건 무조건 스콜라시티의 책임이었다.

접경지대를 따라가던 디어루는 NPC 까마귀들이 앉아 있는 철조망 밑에 킥보드를 세워야 했다. 모래 무더기가 길을 막고 있었던 것이다. 아까 중앙광장이나 종교인들의 도시에서 본 것들보다 훨씬 큰, 디어루의 키를 훌쩍 넘기는 모래 언덕이었다.

"우왕, 모래다!"

냥구는 볼일을 보려는 고양이처럼 모래를 해작이기 시작했다.

디어루는 접경지대에 모래언덕이 있다는 게 어딘가 이상하게 느껴졌다. 중앙광장과 종교인들의 도시에서 모래 무더기를 봤을 때만 해도 무슨 공사를 하려나 보다 하고 말았다. 하지만 접경지대는 모래가 필요 없는 곳이었다. 유니시티 시민법 국경관리 조항에 따라 철조망 주변에는 건물을 짓지 못하도록 되어 있었다. 그렇다고 관광객을 위한 모래 놀이터를 만들 만한 위치도 아니었다.

실종사건과는 관계없는 일이긴 하지만 디어루는 일단 보안국장에게 사실을 보고했다. 보안국장은 단팥빵으로 가린 얼굴을 갸웃거렸다.

"안 그래도 동쪽 도시에서도 모래언덕이 길을 막고 있다는 신고들이 접수되었네."

"동쪽 도시도요?"

"그래. 10번 도시 '다시 만나요' 시티에서도 2층 건물 높이의 모래언덕이 발견되었네."

국장은 한숨을 내쉬고는 말을 이었다.

"그 모래언덕 때문에 또 싸움이 벌어진 게 더 문제긴 하지. 하필 모래언덕이 반려동물 추모공원 입구에 생겼다지 뭔가."

"노펫존 반대자들은 노펫존 지지자들이 꾸민 짓이라고 생각하는 모양이군요."

"그렇다네. 반대로 노펫존 지지자들은 자신들을 모함하기 위한 노펫존 반대자들의 자작극이라고 주장하고 있다네. 그 과정에서 충돌이 생겼고 말이야. 뭐, 자네가 신경 쓸 일은 아니네. 자네는 실종자를 찾는 데만 전념하게."

디어루를 가로막은 모래언덕은 높이가 4미터, 길이는 10미터쯤 되었다. 어느 틈에 언덕 마루까지 올라간 냥구가 앞발을 흔들고 있었다.

"디어루! 너도 올라오지 그래?"

킥보드를 들고 오르기에는 힘든 높이였다. 디어루는 킥보드를 끌고 모래언덕 옆으로 돌아갔다. 그러자 냥구가 모래 먼지를 일으키며 뛰어내려 와서 뭔가를 내밀었다.

"자, 선물!"

모자였다.

"선물?"

"응. 원래는 쥐도 갖다 주고 뱀도 갖다 주는데 유니시티에는 쥐랑 뱀이 없으니까 대신 다른 걸 주는 거야. 냥구는 고마울 땐

선물을 하거든."

"고맙다고? 내가 뭐가 고마운데?"

"아까 다른 보안관이랑 통화할 때 내가 두 번이나 기억 끊겼다는 거 비밀로 해 줬잖아."

"기억이 끊겨서 우리 일이 엉망이 된 것도 아니니까. 그런데 이건 어디서 난 거야?"

"냥구가 오다가 주웠어."

"주웠다고? 어디서?"

"저기!"

냥구는 통통하고 짧은 앞발로 모래언덕 비탈을 가리켰다. 반대편에선 보이지 않던 선인장이 삐죽삐죽 솟아 있었다. 오르간 파이프 선인장이었다.

"저기 선인장에 걸려 있었어."

디어루는 냥구가 주워 온 모자를 살펴보았다. 고급 원단의 흰색 벙거지였다. 색깔과 형태로만 봤을 때는 실종 당일 유니토가 쓰고 있던 모자와 일치했다.

유니토의 흔적

다른 사건을 처리 중인지, 개인적인 일이 있는 건지 보안국장은 연락이 되지 않았다.

하는 수 없이 디어루는 러셀 부인을 호출했다. 뭐든 뚝딱뚝딱 해내는 러셀 부인이라면 모자에 대한 정보도 알아낼 수 있을 것이다.

"디어루 보안관, 수사 중에 어쩐 일인가요? 혹시 옷이나 장비에 문제가 생겼나요?"

"아니에요. 길에서 모자를 하나 주웠는데 엄청 비싸 보여요. 그래서 주인을 좀 찾아 주려고요."

"비싸 보이는 모자면 고유번호가 있을 수도 있겠네요. 모자 안쪽을 좀 확인해 보세요."

벙거지 안쪽을 살피던 디어루는 모자 테두리 안감에서 알파벳과 숫자로 된 고유번호를 찾아냈다.

"있어요. 'Digor-02-1322'예요."

"정보과에 연락해서 알아볼 테니 잠시만 기다리세요."

몇 분 뒤, 러셀 부인은 모자에 대한 정보를 가지고 돌아왔다.

"아무개 씨가 2번 도시 '인사이더 루트'의 명품 매장에서 작년 7월 12일에 구입한 모자입니다. 개인정보 보호법에 따라 구매자 이름은 알아낼 수가 없어요. 바쁘실 텐데 제가 분실물 습득 신고를 대신 해 드릴까요?"

"아니에요. 제가 직접 처리할게요. 고맙습니다, 러셀 부인."

디어루는 메시지 창을 닫고는 모자를 내려다보았다.

작년 7월 12일이라면 유니토의 열세 번째 생일을 하루 앞둔 날이었다. 윤링크가 아들의 생일선물로 이 모자를 구입한 것이라면…….

"선물 맘에 들어, 디어루?"

냥구가 물었다.

"응. 고마워."

열세 번째 생일선물로 받은 모자를 철조망 길에 떨어뜨리고, 열네 번째 생일에 사라진 유니토.

디어루가 찾아야 할 사람은 바로 그 아이였다.

디어루는 메시지 창을 모래언덕 쪽으로 향하게 한 뒤 입체 사진을 찍었다. 그런 다음 파이프오르간 선인장이 있는 데로 올라갔다. 사막에나 있을 법한 선인장이 접경지대에서 발견되었다. 가능성은 두 가지였다. 털보 국장은 아니라고 했지만 유니시티 전체 시스템에 무슨 문제가 발생했거나 누군가 진짜 사막의 일부를 이곳에다 옮겨 놓았거나.

선인장 주변에는 냥구의 발자국만 어지러이 찍혀 있었다.

디어루는 메시지 창을 열어 어제 날씨를 검색했다. 유니시티는 도시마다 날씨가 달랐다. 같은 날 같은 시각이어도 스콜라시티에는 햇볕이 쨍쨍하고 바로 옆 급식빌리지에선 함박눈이 내릴 수 있다는 뜻이었다.

날씨는 '지루하지 않게, 너무 불편하지도 않게'라는 두 가지 원칙에 따라 다양하게 바뀌었다. 또한 현실의 날씨와도 달랐기 때문에 그날그날의 날씨를 확인하려면 유니시티 통합 기상청에 접속하는 수밖에 없었다.

7월 13일, 스콜라시티의 날씨는 '비바람'이었다.

어제 유니토가 이 언덕을 밟고 지나갔어도 발자국은 사라지고 없다는 뜻이었다.

디어루는 유니토의 모자를 눌러쓴 뒤 킥보드에 올랐다.

냥구도 킥보드에 익숙해졌는지 이제는 속도를 즐기는 눈치였다. 지루한 철조망 길이 이어지다가 드문드문 유니시티 홍보 전광판이 나왔다.

> 디지털 지구! 우리가 꿈꾸던 메타버스!
>
> 초연결사회의 꿈을 유니시티가 열어 드립니다.

'초연결사회'라는 디지털 도시 안에서 누군가는 접속이 끊어졌다.

'유니토, 지금 어디 있어?'

디어루는 킥보드의 속도를 최대치로 높였다.

검문소와 환전소를 두 곳씩 지나치고 나자 철조망 너머의 풍경이 바뀌었다. 지루하게 이어지던 자갈밭이 사라지고 냥구 몸통만 한 당근들이 자라고 있는 당근밭이 보였다. 드디어 7번 도시 '같이 놀자, 채소밭'의 국경지대에 들어선 것이었다. N-1 검문소와 환전소를 지나치고, 딸기밭이 내다보이는 철조망 길을 따라가자 N-2 검문소가 나왔다. 검문소에서 신분 확인을 받고 통행료를 지불한 뒤 실종자의 마지막 목격 지점인 V-CEC-03 환전소로 갔다.

"얼마나 바꿔 드릴까요?"

금테 안경을 낀 갈색 토끼가 물었다. 채소밭 시티 시민들은 토끼, 너구리, 땃쥐, 고양이, 오소리 등 다섯 가지 동물들이었다. 그 말은 곧 7번 도시에 입장하는 순간 디어루도 동물로 모습이 바뀐다는 뜻이었다. 러셀 부인이 어떤 동물을 신청해 두었을지 슬슬 걱정이 되기 시작했다.

"10얍이요."

10얍은 기본 환전 금액이었다.

"10얍이면 당근화폐 다섯 개예요. 그거로는 브로콜리 한 바구니밖에 못 사는데 괜찮으시겠어요? 채소밭 시티 기념품을 사려면 적어도 100얍 정도는 환전하는 게 좋습니다."

채소밭 기념품 중에 디어루가 갖고 싶은 게 있을 리 없었다. 채소는 반찬 그릇에서 마주치는 것만으로 충분히 지긋지긋했다.

"괜찮아요. 쇼핑은 안 할 거예요."

"알겠습니다."

디어루가 전자지갑에서 환전소 화폐등록기로 10얍을 전송하자 환전소 직원이 당근화폐를 내주었다. 당근을 가로로 썰어 말린 모양의 당근화폐는 디어루의 손바닥보다 컸다. 당근화폐를 담은 자루를 킥보드 손잡이에 묶고서 드디어 7번 도시로 들어갔다.

킥보드 손잡이를 쥔 손이 순식간에 잔털로 뒤덮인 앞발로 변했다.

"디어루, 너 지금……."

냥구가 눈을 반짝거리며 디어루를 올려다보았다.

"엄청 맛있…… 아니 멋있어 보여."

7번 도시의 디어루는 땃쥐였다. 러셀 부인이 채소밭의 다섯 가지 동물 유형 가운데 '땃쥐'를 신청해 둔 것이었다.

냥구는 킥보드를 타고 가면서도 이따금씩 디어루를 올려다보며 입맛을 다셨다. 그나마 다행인 건 냥구와의 키 차이가 그대로라는 점이었다. 키마저 냥구와 비슷해졌다면 같이 다니기가 상당히 불편해졌을 것이다. 7번 도시의 고양이 시민들과 달리 냥구는 사냥 본능이 살아 있는 진짜 고양이였다.

디어루는 메시지 창으로 7번 도시의 상세지도를 살펴본 다음 가지밭 쪽으로 킥보드를 몰았다. 원래 가려던 옥수수밭 쪽이 땃쥐들 촌락이어서, 냥구를 자극하지 않으려면 그쪽 길은 피해야 했다.

가지밭 샛길을 따라, 유니토의 마지막 접속 기록이 남아 있는 북동쪽으로 향했다.

까악, 까악!

NPC 까마귀떼가 하늘을 가로질렀고 킥보드에서 삑삑 알람이 울렸다.

목적지인 WL-07-ZPI 지점 10미터 이내로 근접했다는 신호였다.

다시 사람의 모습으로 돌아온 디어루는 채소밭 시티 북쪽 국경지대에서 킥보드를 세웠다.

WL-07-ZPI는 철조망 너머의 황무지였다. 아직 도시가 형성되지 않은 곳이라 철조망을 뚫고 간다 해도 아무것도 없었다. 바람도 불지 않았고 NPC 새떼조차 황무지로는 날아가지 않았다. 저 황량한 땅의 주인은 자갈과 흙과 쐐기풀이었다. 유니토가 저 안으로 들어갔다면 국경지대 철조망 어딘가 구멍이 있을 것이다. 하지만 지금은 그 구멍을 찾고 있을 시간이 없었다. 디어루는 칼을 뽑아 철조망을 내리쳤다. 대여섯 번 칼을 휘두르자 한 사람이 지나갈 정도의 틈새가 생겼다. 철조망 너머로 킥보드를 먼저 밀어 넣고 있을 때 메시지 창이 울렸다.

정보국에서 유니토의 영상을 보낸 것이었다. 7월 13일 오전 11시 15분에서 17분 사이에 환전소 내부를 촬영한 것으로, 영상은 유니토가 환전소에서 당근화폐 주머니를 받아들고 나가는 모습이 전부였다.

뭔가 이상했다.

있어야 할 유니토는 사라졌는데 없어야 할 뭔가가 있었다.

그것도 디어루에게…….

디어루는 천천히 머리 위로 손을 뻗어 벙거지 모자를 벗었다.

영상 속 유니토는 디어루의 손에 있는 것과 똑같은 벙거지를 쓰고 있었다.

같은 모자가 두 개였다.

맘이 급해진 디어루는 킥보드를 던지다시피 철조망 저편으로 밀어 버리고는 자신도 틈새로 빠져나갔다. 냥구는 따라오지 않았다. 녀석은 길바닥에 몸을 말고 잠이 들어 있었고, 그 위쪽으로 동그라미 세 개가 떠 있었다. 가상현실에 접속한 동물들의 상태를 보여 주는 색깔 그래프였다. 동그라미들이 보인다는 것은 각 항목들의 평균 위험 지수가 70퍼센트를 넘어섰다는 뜻이었다.

체력을 표시하는 동그라미는 옅은 주황색이었다. 졸림 지수를 보여 주는 동그라미는 더 짙은 주황색이었고, 배고픔 지수를 나타내는 동그라미는 아예 새빨간 색이었다. 냥구는 피곤하고 많이 졸리고, 배가 고파 죽을 것 같은 상태였다.

하는 수 없이 디어루는 다시 철조망을 빠져나간 뒤 메시지 창을 열었다. 현재 접속 지점의 좌표를 유니시티 정보국에 전송했다. 보안관의 경우에는 마지막 접속 지점의 좌표를 등록해 두면 다음번엔 그 지점으로 곧장 접속할 수 있었다.

"밥 먹으러 가자."

디어루는 잠든 냥구의 손을 잡고는 메시지 창의 로그아웃 버튼을 눌렀다.

디어루, 7월 14일 14시 02분

WL-07-ZPI.

로그아웃!

황무지

오전 내내 유니시티에 접속해 있느라 아루는 머리가 띵하고 피곤했다. 그래도 보안관실에서 먹는 짜장면은 언제나 꿀맛이었다. 들이 마시듯 짜장면을 먹어치운 털보 국장은 벌써 디저트로 단팥빵을 먹고 있었다.

"냥구 요원도 밥 먹었겠죠?"

유니시티에서 계속 붙어 다녔는데 로그아웃을 하자마자 녀석의 모습은 온데간데없었다. 디어루는 냥구가 어쩌고 있는지 궁금했다.

"돈 버는 고양이인데 주인이 어련히 알아서 잘 챙겨 먹일까. 얼마나 통통한 친구인지 이력서 사진에서 봤잖은가."

그 말을 듣자 아루도 맘이 놓였다.

식사를 마친 뒤 아루는 5번 도시와 6번 도시의 국경지대에서 발견한 유니토의 모자에 대해 보고했다.

"국경지대 모래언덕에서 잃어버린 것과 똑같은 모자를 마지막 목격 당시에 쓰고 있었다는 건, 애초에 유니토에게 같은 모자가 두 개라는 뜻인데, 거 참……."

모자에 대해서는 아루가 더 알아보기로 했다.

"모래언덕 문제는 정보국에서 아직 조사 중인 거죠?"

"그렇다네. 듣기로는 10번 도시 말고도 서너 군데서 비슷한 형태의 모래무더기가 더 발견됐다는군."

"혹시 선인장도 같이 발견되지 않았나요? 파이프오르간 선인장이요."

"선인장? 모래언덕이 무슨 사막이라도 된다는 말인가?"

털보 국장이 껄껄 웃었다. 아루는 철조망 길에서 선인장을 봤다는 이야기는 꺼내지 않기로 했다. 수상쩍긴 하지만 유니토의 실종과는 관련이 없어 보였기 때문이다. 아루는 7번 도시 북쪽 접경지대 너머의 황무지로 어서 돌아가고 싶었다.

유니토에 대한 모든 답은 그 안에 있을 게 분명했다. 하지만 '미성년 메타버스 보안관 보호에 관한 법률'에 따라 30분간 휴식을 취하고, 다시 체력단련실에서 10분간 스트레칭 훈련을 받은 뒤에야 VR 접속의자에 앉을 수 있었다.

"위험한 상황이 발생하면 주저 말고 로그아웃……."

털보 국장의 말이 채 끝나기도 전에 '잃어버린 동전에 대한 분노' 연주곡이 울렸다.

메타버스 K관리국 유니시티 보안관청 소속 보안관 디어루, 로그인!

WL-07-ZPI.

다시 철조망 앞이었고, 유니토의 모자도 디어루의 머리에 그대로 있었다.

잠시 기다려 보았으나 냥구는 오지 않았다. 위험지역에선 안전요원과 함께 다니는 게 원칙이지만 디어루는 맘이 급했다. 1분 1초가 아까운 실종사건이었고, 이미 밥 먹고 쉬고 훈련을 받느라 한 시간 넘게 시간을 써 버린 터였다.

오후 3시 11분.

디어루는 혼자 황무지로 들어갔다.

킥보드를 정북 방향으로 설정하고 황무지를 내달렸다.

하지만 좌표는 WL-07-ZPI 그대로였다. 좌표 구분이 되지 않은 미개척지라는 뜻이었다. 순간 디어루는 소름이 돋았다. 실종자의 마지막 접속 지점이 'WL-07-ZPI'라는 말은 유니토가 특정 장소가 아니라 이 넓은 황무지 어디선가 사라졌다는 뜻이었다.

디어루를 파견하기 전에 유니시티 보안관청은 드론부대로 황무지 수색을 마친 상태였다. 유니시티의 하늘을 날아다니는 드론부대는 실제로는 정밀 수색 프로그램이었다. 그러니 드론부대가 아무것도 찾아내지 못했다는 것은 유니토가 이 황무지에 없다는 의미였다.

디어루는 입술을 깨물며 킥보드의 속도를 올렸다.

황무지에서 사라졌지만 황무지에는 없으며, 유니시티 도시들로 돌아온 기록도 없다…….

그 모순을 해결하자면 다른 가능성을 끌어오는 수밖에 없었다. 이 황무지 어딘가에 드론부대의 수색으로는 다다를 수 없는 공간이 존재하며, 유니토는 그곳으로 사라졌다!

황무지 전체가 같은 좌표를 쓰기 때문에 킥보드는 목적지 설정이 불가능했다. 하지만 디어루는 가야 할 곳이 어딘지 알고 있었다. 황무지 끝으로 가야 했다. 황무지에 들어선 지 15분 가까이 되었을 때 황무지의 끝이 보였다.

멀리서는 보이지 않던 검은 벽이 갑자기 나타난 것이었다.

어둠의 장막이 디어루를 가로막고 있었다. 땅에서 시작된 어둠의 막은 디어루의 시선이 닿는 하늘 끝까지 이어져 있었다. 어둠은 디어루를 위협하듯 굼실거리며 소용돌이쳤다.

검은 벽처럼 보이는 그곳은 유니시티의 끝이었다. 그 너머는 황무지의 자갈과 쐐기풀조차 만들어지지 않은 공간이었다. 디어루는 드론들이 왜 '황무지에는 유니토가 없다.'라는 결론을 내렸는지 알 것 같았다. 인공지능인 드론들에게 저 검은 막 너머는 아무것도 존재하지 않는 '무無'의 공간이었다. 기계들은 저 절벽 너머에 관심을 두는 법이 없었다. 어둠의 장막 너머를 상상하지 못하는 것이다.

하지만 인간인 디어루는 달랐다. 디어루에겐 저 너머가 '무'가 아니라 '가능성'의 공간이었다. 아직 아무것도 만들어지지 않았을 뿐, 언젠가는 새로운 도시와 길이 생겨날 수도 있는 곳이었다. 드론은 어둠의 장막 앞에서 돌아갔지만 디어루는 그 너머로 가야 했다. 황무지에서 감쪽같이 사라진 그 아이도 거기로 갔을 것이다.

무턱대고 뛰어들었다간 실종자도 못 찾고 디어루 자신까지 위험에 빠질지도 몰랐다. 유니토를 저 안에 붙들어 두는 무언가가 디어루를 공격하지 말라는 법은 없었다. 유니토와 검은 장막에 대한 단서들이 더 필요했다. 디어루는 메시지 창을 실행시켰다. 하지만 메시지 창이 지지직거리며 제대로 작동하지 않았다.

킥보드를 7번 도시 쪽으로 돌린 다음 어둠의 장막에서 100미터쯤 멀어지자 메시지 창이 나타났다.

실종자가 남긴 마지막 단서는 좌표였다.

유니토는 WL-07-ZPI 지점에서 사라졌다.

'같이 놀자, 채소밭' 북쪽 국경 너머 황무지 전체가 같은 좌표로 표시된다는 건 알아냈지만 황무지의 좌표를 이렇게 설정한 이유는 알지 못했다. 원래 유니시티의 좌표들은 도시의 이름과, 중앙광장의 케르베로스 동상을 중심으로 한 위도, 경도를 혼합한 것이었다. 예를 들어 유니시티 연합뉴스 방송국의 좌표는 Schola-30-12였다. 스콜라시티에 있으며, 위도 30, 경도 12에 위치하고 있다는 뜻이었다. 하지만 황무지의 좌표는 디어루가 아는 좌표법과 달랐다.

디어루는 'WL-07-ZPI'를 검색했다.

WL-07-ZPI.

Waste Land - 07 - Zombie Property Investment.

7번 도시 바깥의 황무지.

'좀비 부동산 투자 게임' 도시를 건설하려다 개발회사 사정으로 사업이

중단된 곳.

7번 도시 북쪽에 위치한 이 땅은 그냥 황무지가 아니었다. '좀비 부동산 투자 게임' 도시를 건설하다가 사업이 중단된 땅이

었다. 유니토가 스콜라시티 도서관 외에 가장 많은 시간을 보낸 곳이 여기였다. 하지만 쐐기풀과 자갈을 구경하겠다고 황무지에 왔을 리는 없었다. 유니토는 그 게임 도시에 대해 알고 있었던 게 분명하다.

디어루는 사라진 게임 도시에 대해 좀 더 알아보기로 했다. 하지만 상태창이 또 지지직거렸다. 킥보드를 돌려 7번 도시 방향으로 다시 100미터쯤 달려가자 상태창이 정상 작동했다. '좀비 부동산 투자' 게임' 도시와 관련한 뉴스 영상이 있었다. 디어루가 유니시티 연합뉴스 앵커들 중에 윤링크 다음으로 좋아하는 공알렙 앵커의 보도였다.

"좀비 부동산 투자 게임 도시 건설 사업이 어제 공식 중단되었습니다. 개발업체 측은 내부사정으로 사업을 중단한다는 입장을 냈을 뿐 자세한 경위는 밝히지 않았습니다. 하지만 연합뉴스가 취재한 결과 게임 도시의 건설 방향을 두고 핵심 투자사들 간에 갈등이 있었던 것으로 파악되었습니다. A투자사는 게임의 방향을 '좀비 서바이벌' 로 바꾸어야 시민들을 더 많이 모을 수 있다는 입장인 데 반해 B투자사는 좀비 가상현실 게임들이 이미 존재하기 때문에 새로 건설할 좀비 도시는 서바이벌 게임이 아니라 안전지대로 이주하는 부동산 투자 게임으로 진행해야 한다는 입장이었습니다. 결국 뜻을 좁히지 못한 핵심 투자사들이 투자를 포기하면서 개발회사도 문을 닫은 것으로 알려졌습니다. 그러면 당시 개발회사에서 도시 설계를 담당했던 엔지니어를 모시고 말씀을 나누도록 하겠습니다."

엔지니어는 가명을 사용하고 얼굴도 모자이크 처리를 한 상태로 등장했다. 앵커와 엔지니어의 인터뷰가 이어지다가 대화를 마무리하는 부분에서 디어루의 귀를 사로잡는 이야기들이 오갔다.

"회사가 갑자기 문을 닫는 바람에 직원들도 뿔뿔이 흩어졌다고 들었습니다. 실례가 안 된다면 지금 어떤 일을 하고 계신지 말씀해 주십시오."

"유니시티 도서관들과 학교들을 돌며 가상도시 맵 설계 기초 이론을 가르치고 있습니다."

디어루는 '가상도시 맵 설계 기초 이론'이라는 말에 주목했다. 영상을 닫은 디어루는 보안국장을 호출했다. 황무지에 혼자 있다고 메시지를 보냈더니 이번에는 단팥빵 필터링 없이 본래 얼굴로 등장했다.

"국장님, 유니토가 스콜라시티 도서관에서 가상도시 맵 설계 기초 이론이라는 수업을 들었는지 확인해 주세요. 선생님이 누구였는지도요!"

잠시 후 국장이 답을 가지고 왔다.

"지난달까지 그 수업에 참여한 것으로 밝혀졌네. 꽤 재능이 있는 학생이었다는군. 혼자 힘으로 '어린왕자의 사막'이라는 맵을 만들기도 했다고 하네."

도서관에서 디어루가 놓친 게 있었던 것이다. 유니토는 삽화 드로잉 수업에만 참여한 게 아니었다.

"그리고 강사는 달초암 씨네."

"혹시 달초암 씨가 전에 좀비 부동산 투자 게임 도시를 만드는 회사에서 일했던 사람인가요?"

"그걸 자네가 어찌 아는가?"

"이 황무지가 바로 그 도시를 만들던 땅이에요! 유니토는 맵 설계 시간에 선생님한테 이 땅에 대해서 들었을 거예요."

"그럼 유니토가 짓다 만 좀비 게임 도시가 궁금해서 북쪽 황무지를 드나들었다는 건가? 유니시티에 통합되지 않은 미완성 도시라 눈에 보이는 건 아무것도 없을 텐데."

"국장님 말씀대로 황무지엔 아무것도 없어요. 하지만 그게 다는 아닐지도 몰라요."

"그럼 황무지 말고 다른 곳에 그 도시가 존재하기라도 한다는 말인가?"

"아직은 확실하지 않아요. 지금부터 조사를 해 보려고요."

"실종자의 행방에 대한 단서는 찾은 겐가?"

"그것도 지금부터 조사하려고요."

"내가 뭘 도와주면 되겠나?"

"달초암 씨를 조사해 주세요."

"달초암이 유니토를 데려갔을 가능성이 있다는 건가?"

"아닐 가능성도 있지만 일단은 알아봐야죠."

"알겠네. 실종자가 사라진 시간에 달초암이 어디 있었는지 좌표를 확인하도록 하지."

"달초암의 주변 인물과 좀비 부동산 투자 게임 도시를 만들던 회사 직원들, 그 회사에 투자를 하려고 했던 사람들까지 다 조사해 주세요. 유니토가 스스로 잠적한 게 아니라면 분명히 좀비 부동산 투자 게임 도시의 존재를 아는 누군가가 꾸민 일일 거예요."

"이거 수사 범위가 넓어지겠구먼."

"그리고 혹시 통신이 끊어져도 놀라지 마세요. 황무지에 들어온 뒤로 메시지 창 상태가 오락가락하거든요."

디어루가 메시지 창을 닫으려는데 보안국장이 급히 말을 꺼냈다.

"참, 모래언덕 말이네. 아까 우리가 짜장면을 먹는 사이에 열 곳도 넘는 곳에서 비슷한 신고가 접수되었다는군. 특히 급식빌리지 쪽 피해가 심각한 모양이네. 그냥 모래언덕이 생겨난 게 아니라 모래 폭풍이 불어 닥쳐서 연근 재배 연못과 우엉밭을 덮어 버렸다는군."

사태가 심각한 와중에도 디어루는 연근과 우엉이 모래에 덮여 버렸다는 소식이 맘에 들었다. 연근과 우엉은 대대로 학생들을 괴롭혀 온 급식 재료로 악명이 높았고 디어루 역시 그 두 가지로 만든 음식들을 싫어했다. 봄 학기는 온라인 클래스로 수업을 듣고 있지만 가을 학기부터는 등교 수업을 할 예정인데 연근과 우엉으로 만든 급식 반찬들을 생각하면 벌써 골치가 아팠다.

국장의 얼굴이 화면에서 사라지자 디어루는 메시지 창을 껐다.

멀리 어둠의 장막을 노려보며 킥보드의 시동을 걸 때였다.

철조망 쪽에서 누군가 디어루의 이름을 부르는 것이었다.

"디어루, 같이 가!"

얼룩무늬 고양이 한 마리가 바윗돌을 이리저리 피해 가며 치타처럼 달려오고 있었다.

숨겨진 도시

어둠의 장막을 20미터 앞두고 통신이 끊겼다.

메시지 창도 실행되지 않았고, 킥보드의 계기판은 좌표를 읽어내지 못했다.

디어루는 저만치 굼실거리는 어둠을 노려보았다.

"무슨 일이 벌어질지 모르니까 무조건 꽉 잡아."

냥구의 동그란 머리통을 내려다 본 뒤 킥보드의 시동을 걸었다. 킥보드는 그대로 들이박을 것처럼 어둠을 향해 돌진했다. 검은 연기에 갇힌 것처럼 앞뒤와 좌우도 분간이 되지 않았다. 계기판이 꺼져 버린 탓에 킥보드도 길을 찾아내지 못했다.

앞이 안 보이는 것보다 더 끔찍한 건 킥보드 발판에 전해지는 땅이 느낌이었다. 자갈로 우둘투둘하던 황무지와도 다르고, 평소에 디어루가 다니던 포장도로의 질감과도 달랐다. 킥보드 아래의 땅은…… 존재하면서도 존재하지 않았다. 바퀴는 땅과 마찰하며 굴러가는데 킥보드는 허공에 떠 있었다.

어둠은 세상에 존재하는 모든 색깔과 빛을 삼켜 버렸다. 킥보드를 잡고 있는 손도 보이지 않았고 냥구의 동그란 정수리도 어둠에 묻혀 버렸다. 킥보드의 헤드라이트 불빛도 뻗어 나가지 못했다. 냥구에게 떨어지지 않게 꽉 잡으라고 소리쳤지만 목소리조차 울리지 못하고 어둠 속으로 빨려들고 말았다. 디어루가 킥보드의 핸들을 고쳐 쥘 때였다. 갑자기 킥보드가 요동치기 시작하더니 디어루와 냥구는 그대로 어디론가 튕겨 나가고 말았다.

땅바닥에 데굴데굴 구른 뒤에야 디어루는 자신이 환한 빛 속에 있다는 걸 알아차렸다. 곧이어 "냐아옹!" 하는 비명이 울렸고, 조금 뒤 둔탁한 충돌음과 함께 킥보드가 바닥에 떨어졌다. 어둠의 장막이 디어루와 냥구, 킥보드를 차례로 뱉어낸 것이었다.

어깨와 팔꿈치를 주무르며 신음을 내뱉던 디어루의 눈앞에 낯선 도시가 펼쳐져 있었다. 거대한 요새처럼 높다란 금속 울타리에 에워싸인 도시였다.

"우와, 대체 저게 뭐야?"

디어루는 저도 모르게 탄성을 내질렀다. 어둠의 장막 뒤에 이런 도시가 숨어 있으리라곤 상상도 못했던 것이다. 도시의 정체가 무엇이든 유니시티의 지도에는 존재하지 않는 미등록 도시라는 것만은 확실했다. 1초라도 빨리 도시를 둘러보고 싶은데 킥보드가 말썽이었다. 핸들이 부러져서 덜렁거리고 계기판도 박살이 나 있었다.

"여기서부터는 걸어가야 돼."

디어루는 킥보드를 포기하고 미등록 도시로 향했다. 냥구도 킥보드 근처에 떨어져 있던 당근화폐 주머니를 주워 들고 쫓아왔다. 출입문을 찾아 울타리를 따라 돌았다. 철제 말뚝을 촘촘하게 박아 만든 울타리에는 경고문들이 삐뚜름하게 내걸려 있었다.

좀비출몰지역!

야간통행금지!

건설이 중단되었다는 '좀비 부동산 투자 게임' 도시인 듯했다. 황무지에 건설될 예정이었던 도시가 어둠의 장막 너머에 버려져 있었다. 유니토는 7번 도시 북쪽 황무지를 드나든 것으로 기록된 날마다 실은 이 도시를 찾아왔던 것이었다.

시계 방향으로 한참을 돌아가자 마침내 아치형 출입문이 나왔다. 디어루는 문에 달린 좀비 얼굴 모양 손잡이를 잡아당겼다.

끼이익!

불길한 마찰음이 울리며 문이 열렸다.

"내가 먼저 갈 테니까. 디어루는 조심조심 따라와."

냥구가 앞장을 섰다.

문을 열고 들어간 곳은 돔 지붕이 있는 원형극장이었다. 이 도시의 검문소 역할을 하는 곳인 듯했다. 극장 한가운데 위치한 단상에 NPC가 서 있었다. 머리를 말아 올리고 옷을 차분하게 차려입은 러셀 유형 NPC였다.

"방문객 여러분, 좀비 부동산 투자 게임 도시에 온 것을 환영합니다. 저는 우리 도시의 관광 안내를 맡고 있는 러셀입니다. 입장을 원하시면 이름을 입력하세요."

NPC의 말과 함께 디어루와 냥구 옆에 로그인 창이 떴다. 유니시티 등록 이름은 필수 입력 사항이었고, 나이와 생일은 선택 사항이었다. 디어루가 제 이름과 냥구의 이름을 입력하자 NPC가 말을 이었다.

"디어루 씨, 냥구 씨, 반갑습니다. 그럼 지금부터 주의사항을 알려드리겠습니다. 우리 도시는 유니시티 표준시간 대신 일몰 기준 시간을 사용합니다. 참고로 지금은 마이너스 세 시 오십 분입니다. 해넘이까지 세 시간 오십 분이 남았다는 뜻이죠. 우리 도시는 일몰을 기준으로 낮밤이 확실히 구분되는데 낮은 인간의 것이고 밤은 좀비의 것입니다. 그러니까 일몰 후에는 밖에 돌아다니면 안 되겠죠? 시민이 좀비에게 물리면 일주일 동안 좀비로 지내야 합니다. 관광객이 좀비에게 뜯어 먹히면 자동 로그아웃이 되어 여기 원형극장으로 되돌아오게 됩니다. 두 분은 시민 모드로 입장하시겠습니까, 관광객 모드로 입장하시겠습니까?"

유니토를 찾는 게 목적이니 굳이 시민이 될 필요는 없었다.

"둘 다 관광객이요."

"좋습니다. 관광객 디어루 씨, 고양이 냥구 씨. 그럼 이제 관광객 유의사항을 알려드리겠습니다. 관광객은 한 번에 네 시간 이상 우리 도시에 머물 수 없습니다. 네 시간 안에 이 원형극장으로 돌아오셔야 합니다. 명심하세요, 네 시간입니다."

"왜 네 시간이죠?"

"관광객이 우리 도시에서 관광이 아닌 투자를 하는 것을 막는 조치입니다. 우리 도시에서 부동산 투자를 제외하고 가장 돈을 많이 버는 방법은 타파이트 광산에서 일하는 것입니다. 타파이트 광산에서 세 시간을 일하면 400타파이트를 벌 수 있습니다. 이곳 출발 지점에서 광산까지 이동하는 데 걸리는 시간을 고려하면 관광객은 세 시간 삼십 분 만에 최대 400타파이트를 벌 수 있는 것이지요. 관광객에게 지급되는 지원금 100타파이트까지 합치면 최소 투자금액인 500타파이트가 됩니다. 거기에 투자할 토지나 건물을 고르고 법적 계약을 맺는 데 걸리는 시간을 최소 삼십 분이라 가정한다면 결국 관광객이 최초 투자를 하기까지는 적어도 네 시간이 필요하다는 결론이 나옵니다. 궁금증은 해결이 되었나요, 디어루 씨?"

"네, 그런데 정해진 시간 안에 못 나오면요?"

"바로 그 점을 지금부터 말씀드리려고 합니다. 네 시간 안에 나와야 한다는 규칙을 1회 어기면 1차 망각이 찾아옵니다. 우리 도시에서 경험한 모든 것을 잃게 되는 것이지요. 보통 관광객들은 앞선 방문 때의 기억은 물론 당시 벌어들인 돈이나 구매한 물품, 찍은 사진 등을 고스란히 간직하지만 1차 망각을 겪은 관광객의 경우 모든 것이 리셋됩니다. 규칙을 2회 어기면 2차 망각이 찾아옵니다. 자신이 관광객이라는 사실조차 잊고 이 도시의 일부가 되는 것이지요. 쉽게 말하면 인간NPC 상태에 빠지는 겁니다. 여러분을 아는 사람들이 찾아와서 여러분을 망각에서 깨워 줄 때까지 이 도시의 NPC 시민으로 살아가야 합니다."

인간NPC가 되어 미등록 도시에 갇힌다니, 꽤나 섬뜩한 경고였다.

"실제로 규칙을 어겨서 이 도시에 갇힌 사람이 있었나요?"

디어루는 당연히 유니토를 생각하고 있었다.

"그건 제가 말씀 드릴 수 있는 부분이 아닙니다."

"밖에서 보니까 도시가 엄청 크던데 네 시간 만에 관광을 끝내라니 너무한 거 아닌가요? 도시 반대편을 관광하다가 여기로 돌아오려면 시간이 한참 걸릴 텐데요."

디어루가 의문을 제기했다.

"그럴 때 쓰라고 메시지 창에 게임종료 버튼이 있지 않습니까? 종료 버튼을 누르면 채 1초도 안 되어 이 지점으로 자동 복귀가 됩니다. 이제 기본 지원금 100타파이트를 드리겠습니다. 참고로 고양이 냥구 씨에게는 지원금이 지급되지 않으며, 책임자인 디어루 씨가 냥구 씨의 손을 잡고 게임종료 버튼을 누르면 두 분이 함께 로그아웃이 됩니다. 쉽게 말해 두 분은 한 팀입니다."

러셀의 설명대로 디어루에게만 '좀비 부동산 투자 게임' 도시 전용 메시지 창이 나타났다. 디어루는 종료 버튼과 전자지갑의 위치를 확인했다.

"그럼 즐거운 여행 되시길 빕니다. 아, 그리고 그 당근 쓰레기는 가지고 들어갈 수 없으니 여기 휴지통에 버리고 가시기 바랍니다."

그 말을 끝으로 러셀은 사라졌다.

"디어루 돈을 쓰레기라고 하다니, 너무해."

냥구가 여태 끌어안고 있던 당근화폐를 극장 쓰레기통에 버리며 툴툴거렸다. 유니토가 환전소에서 제 몫의 당근화폐를 다른 관광객에게 줘 버린 것도 이해가 되었다. 이 도시는 아직 유니시티에 가입하지 않은 상태이기 때문에 환전 기준도 존재하지 않을 것이다. 결국 얍이나 당근화폐 같은 유니시티 화폐를 가지고 있어 봤자 이 도시의 타파이트 화폐로 교환할 방법이 없다는 뜻이었다.

원형극장의 맞은편 벽면이 양쪽으로 나뉘더니 드디어 도시로 입장하는 통로가 열렸다.

디어루와 냥구는 문이 닫히기 전에 얼른 도시 안으로 뛰어들었다.

파묻힌 세계로

도시 중앙에는 수십 미터는 돼 보이는 모래시계 탑이 솟아 있었다. 시간에 맞춰 분홍색 모래들이 아래쪽 유리통으로 떨어지고 있었다. 시계탑 꼭대기의 전광판이 현재 시각을 알려 주었다.

현재 시각

-3:30

이 도시에서 사용한다는 일몰 기준 시간이었다.

앞으로 세 시간 삼십 분 후면 해가 지고, 도시는 좀비들로 뒤덮일 것이다.

디어루의 머릿속에서 실종사건의 수수께끼들이 하나씩 풀리고 있었다.

유니토는 11일에는 오후 4시부터 7시 40분까지, 12일에는 오후 3시 1분부터 오후 7시 47분까지 WL-07-ZPI 지점에 머물렀다. 이틀 동안 거의 비슷한 시간에 황무지를 빠져나갔다는 것은 일몰 시간이 다 되어서 급히 도시를 떠났다는 뜻이다.

하지만 12일의 경우 유니토가 WL-07-ZPI 지점에 머문 시간은 4시간 46분이다. 그중에서 황무지를 왕복하는 시간을 빼더라도 네 시간 넘게 도시에 있었다는 뜻이 된다. 그날 유니토는 1차 경고를 받았을 것이다.

그리고 문제의 생일날, 유니토는 아침 7시 55분에 황무지에서 연락이 끊겼다. 어떤 이유에선가 유니토는 새벽에 유니시티에 접속하여, 아침 일찍 좀비 도시에 들어왔다. 그날 유니토가 황무지로 돌아오지 않았다는 것은 네 시간 안에 도시를 빠져나가지 못했다는 뜻이다.

"유니토는 망각에 빠진 거야! 자기가 이 도시의 NPC인 줄 아는 거라고!"

실종사건을 해결하려면 유니토를 찾아내어 깊은 망각에서 깨워야 한다는 뜻이었다.

시간이 빠듯했다.

관광객은 네 시간을 쓸 수 있지만 일몰 전에는 로그아웃을 해야 하기 때문에 실제로 디어루가 쓸 수 있는 시간은 세 시간 반이 전부였다. 일단 사람들이 많이 살 만한 동네부터 뒤져봐야 했다.

디어루는 메시지 창에서 좀비 도시의 전체 지도를 검색했다. 그 순간 직육면체들로 이루어진 팔뚝과 손이 눈에 들어왔다. 디어루의 몸이 이 도시의 표준 체형에 맞게 바뀐 것이다. 옆을 돌아보니 냥구 역시 정육면체와 직육면체들로 이루어진 3등신 블록 고양이로 바뀌어 있었다.

"좀비들이 우글거리는 도시에서 시민들 다리가 이렇게 짧으면 어떻게 달아나라는 거야!"

디어루가 툴툴대는 틈에 지도가 열렸다.

좀비 도시는 중앙의 모래시계탑을 중심으로 마을들이 거미줄 모양으로 뻗어 있는 방사형 도시였다. 모래시계탑의 반경 2킬로미터는 밤에도 좀비들이 쳐들어올 수 없는 '안전지대'로 지정되어 있었다. 안전지대는 좀비는 통과할 수 없는 특수 전자 울타리로 에워싸여 있었다. 이 도시의 주요 관청과 가장 큰 규모의 시장도 안전지대 안에 있었다.

"가자, 냥구!"

첫 번째 목적지는 안전지대였다.

하지만 버스정류장을 찾을 수가 없었다. 지도상으로는 분명

원형극장에서 사시나무 숲을 지나가면 버스정류장이었다. 모래가 정류장을 묻어 버린 것이었다. 5번 도시와 6번 도시 사이의 접경지대에서 보았던 것만큼이나 큰 모래언덕이었다. 근처의 다른 정류장들도 마찬가지였다. 모래언덕들이 찻길을 덮쳐서 버스뿐만 아니라 어떤 차도 다닐 수 없는 상태였다. 디어루는 모래언덕을 타고 올라갔다.

언덕마루에 올라서자 도시의 풍경이 한눈에 들어왔다.

"맙소사, 저게 다 뭐야!"

지도와는 딴판인 세상이었다. 방사형의 짜임새 있던 도시는 온데간데없고 거대한 사막이 도시를 뒤덮고 있었다.

도시 가장자리 마을들은 다문다문하게나마 모습을 드러내고 있었지만 안전지대 쪽은 완전한 사막이었다. 모래시계탑은 도시의 중심이 아니라 사막 한가운데 꽂혀 있었다. 시계탑 너머로 대추야자 숲에 둘러싸인 오아시스 마을이 있었다. 그리고 모래언덕과 언덕 사이마다 사람들과 차들이 갇혀 있는 게 보였다.

'좀비 부동산 투자 게임' 도시 시민들은 타파이트를 모아서 땅을 사고 건물을 짓고, 그것들을 비싸게 되팔아서 안전지대와 좀 더 가까운 땅을 구매한다. 땅값은 안전지대와 가까울수록 비싸졌고, 시민들의 최종 목적은 안전지대 안에 집을 짓는 것이었다. 부동산 매매와 건축을 장려하는 도시의 입장에서는 도시를 모래사막으로 만들 이유가 없었다.

그러므로 모래언덕이나 사막은 좀비 부동산 투자 게임 도시의 본래 설계도에는 존재하지 않던 오류일 가능성이 컸다. 원형극장의 안내원 러셀이 사막이나 오아시스를 전혀 언급하지 않았던 게 그 증거였다. NPC인 러셀이 아는 한 이 도시의 맵에는 사막이 존재하지 않았던 것이다. 도시의 NPC들은 모래언덕을 타고 넘어가지 못하고 제자리에서 왔다갔다만 하고 있었다. 타파이트 광산이 있어야 할 곳도 모래로 뒤덮여 있었다.

"저기 누가 있어!"

냥구가 네모난 앞발로 선인장 군락지 쪽을 가리켰다. 하지만 디어루의 눈에는 키가 큰 선인장들과 그 그림자들밖에 보이지 않았다.

"선인장 군락지에 NPC가 갇혀 있는 게 아닐까?"

"이리저리 움직이네. 내 사냥감이 분명해."

냥구가 눈알을 번뜩이며 말을 이었다.

"엇, 막대기 같은 걸 쥐고서 바닥을 때리고 다녀."

"뭘 들고 다니면 사람일 확률이 높아."

"시시해! 냥구 사냥감이면 좋은데."

"우린 관광객이 아니라 유니토를 구하러 온 보안관과 보디가드야. 그 사실을 잊어선 안 돼."

디어루는 시무룩해진 냥구를 타이른 뒤 물었다.

"혹시 그 사람도 모자를 쓰고 있어? 나랑 같은 벙거지 말이야."

"모자인지는 모르겠는데 머리 모양이 사람이랑 달라."

"그럼 뭔가를 쓰고 있다는 뜻이네. 유니토일지도 몰라! 가 보자!"

냥구가 가리킨 선인장 군락지는 지도상으로 십자가마을이었다. 원래대로라면 커다란 교회가 있고, 그 주변으로 상가들이 늘어서 있어야 할 곳이었다. 발이 푹푹 빠지는 모래언덕을 타고 가려면 시간이 너무 오래 걸릴 것 같았다.

디어루는 냥구를 데리고 다시 찻길로 내려갔다. 길이 막혔을 때만 모래언덕을 타고 넘고 찻길이 남아 있는 지역은 최대한 찻길로 이동했다. 체력소모를 줄이려면 돌아가더라도 그편이 나았다.

모래시계의 분홍색 모래가 시시각각 아래쪽 유리통으로 떨어져 내리고 있었다.

현재 시각

-2:40

다행히 중학교 근처 마을이 남아 있어서 주민들을 만날 수 있었다.

"언제부터 도시가 모래로 뒤덮인 거죠?"

"과일 슬러시는 30타파이트, 에너지 충전 효과가 있는 핑크 레모네이드는 50타파이트입니다."

주스 가게 주인은 도시를 덮친 재난에 대해 아는 게 없는 듯했다. 준비된 답만 돌려주는 건 부동산중개소 사장도 마찬가지였다.

"이 동네 집값은 1000타파이트부터 시작합니다. 안전지대 쪽으로 한 블록 가까워질 때마다 1000타파이트씩 집값이 올라가죠. 투자금이 부족하다면 값싼 공원의 땅부터 매입하시는 걸 추천합니다. 다음 달에 2차 개발이 시작되면 땅값이 15퍼센트 정도 오를 예정입니다. 땅은 최소 10평방미터부터 구매할 수 있고, 가격은 500타파이트입니다."

갑갑하기는 '파묵 씨네 꽃집' 주인도 마찬가지였다. 은발머리에 네모난 돋보기를 끼고 있어서, 무척이나 지혜로운 얼굴을 하고 있는 노인은 모래사막으로 변해 버린 도시 따위는 안중에도 없는지 한가한 소리를 했다.

"오늘 아침에 화원에서 꺾어 온 싱싱한 꽃이란다. 가장 예쁜 꽃다발로 골라 보려무나."

그 와중에 꽃다발들은 모양과 크기, 색깔, 꽃의 종류까지 죄다 똑같았다.

미완성 도시라 그런지 좀비 도시의 시민들은 거의 다 하급 NPC들이었다. 그래도 유니토를 찾으려면 이 도시 시민들과 어울리는 수밖에 없었다.

디어루는 상가 골목을 꼼꼼하게 훑은 끝에 스케이트보드 판매점을 찾아냈다. 100타파이트로 살 수 있는 스케이트보드는 하나밖에 없었다. 한쪽 발을 굴려서 추진력을 얻는, 옛날 방식의 보드였다.

"100타파이트입니다. 반품은 24시간 안에만 가능하며, 반품 시에는 정가의 90퍼센트만 돌려드립니다."

짜그락 소리와 함께 디어루의 전자지갑에서 100타파이트가 빠져나갔다.

현재 시각

-1:20

찻길이 끊겨서 스케이트보드를 들고 언덕을 타야 할 때도 있었지만 전체적인 이동속도는 아까보다 두 배 정도 빨라졌다. 모래에 묻히기 전에는 작은 호수와 카페, 도서관이 있었던 곳을 지나고, 다시 찻길로 내려오는데 하늘에서 난데없는 노랫소리가 울렸다.

동동 동대문을 열어라.

남남 남대문을 열어라.

해넘이가 되면은 문을 닫는다.

시간을 보니 '−1:00'이었다. 일몰 한 시간 전을 알리는 노래인 듯했다.

해는 동쪽 하늘 가장자리 가까이 자리하고 있었다. 이 도시의 태양은 서쪽에서 떠 동쪽으로 지는 모양이었다.

오르간파이프 선인장 군락지에 다다랐을 때는 '−0:45'였다. 디어루의 키를 넘기는 선인장들이 숲을 이루고 있었다.

"디어루! 쥐야!"

저만치 앞서 가던 냥구가 소리쳤다.

"나랑 눈이 마주치자마자 도망가더니 선인장 뒤에 숨어서 나를 훔쳐봤어."

"그럼 아까 네가 본 게 그 쥐야?"

"아니, 아까 본 건 디어루처럼 큰 동물이었고, 지금 본 건 작은 쥐야. 딱 내가 사냥하기 좋은 크기야. 그리고 말도 할 줄 알아."

"말을 했다고?"

"응. 나보고 무서운 괴물이래. 못된 녀석 같으니!"

말하는 쥐는 '좀비 부동산 투자 게임' 도시와는 어울리지 않았다. 시민들도 하급 NPC들뿐인 도시에 대화 기능을 가진 쥐가 있을 리 없었다. 그렇다면 쥐는 좀비 도시가 아니라 처음부터 이 사막의 일부였을 가능성이 크다.

"어떻게 생긴 쥐였어?"

"쫄깃쫄깃하고 달착지근하게 생긴 놈이었어. 콱 물어 가지고 던지고 받고 던지고 받고 하기 좋게 생겼어. 배가 말캉해서 송곳니로 앙 물어뜯기 좋을 것 같았고 말이야. 우리처럼 이렇게 일어서 있었어."

뒷다리로 버티고 서 있었다면 사막에 사는 캥거루쥐인 듯했다.

"냥구, 그 쥐를 잡아다 줘. 부탁이야."

"그건 나한테 맡겨."

냥구가 입맛을 다셨다.

"산 채로 잡아야 돼, 알았지?"

"왜?"

냥구가 실망스러운 눈으로 디어루를 올려다보았다.

"네가 본 녀석이 인공지능 NPC 캥거루쥐라면 이 사막에 대해 뭔가 알고 있을 거야."

"알았어. 죽이진 않을게."

냥구는 캥거루쥐의 흔적을 좇아 오르간파이프 선인장들 사이로 사라졌다.

그사이, 디어루는 선인장 그늘에 앉아서 지도를 확인했다. 냥구가 봤다는 누군가가 있는 곳은 이 선인장 군락지의 동쪽 끝부분이었다.

찌익! 찍!

선인장 숲 어디선가 설치류의 비명이 울렸다.

"냥구! 죽이면 안 된다고 분명히……."

디어루의 외침은 냥구에게 닿지 못했다. 갑자기 웅장한 파이프오르간 소리가 선인장 숲을 뒤흔들었기 때문이다.

베토벤 교향곡 제5번 '운명' 1악장이었다.

소리는 어느 한곳에서 들려오는 게 아니었다. 군락지의 선인장들이 죄다 오르간의 파이프 노릇을 하고 있었다. 디어루는 후드를 뒤집어쓰고 끈을 바짝 조인 뒤 바닥에 엎드렸다. 다행히 러셀 부인이 마련해 준 후드티에는 소음 차단 기능이 있었다. 약 5분쯤 지나자 오르간 소리가 그치고 선인장 숲은 고요를 되찾았다. 디어루는 다급히 일어나서 주위를 둘러보았다.

"냥구! 냥구, 어디야?"

냥구는 대답이 없고 저쪽 선인장 뒤편에 그림자가 어른거렸다.

"거기 냥구니?"

"글쎄, 내가 누굴까?"

그림자의 주인이 낄낄 웃으며 모습을 드러냈다.

사막의 왕이 되려는 자

요란하게 등장한 것은 디어루만 한 키의 도마뱀붙이였다.

아까 선인장 군락지에서 냥구가 보았던 것도 이 도마뱀붙이일 가능성이 컸다. 머리 모양이 사람과 좀 다르다고 했던 것도 그 때문이었다. 도마뱀붙이는 연미복을 차려입고 있었다. 지휘봉인 듯한 작대기까지 들고 있는 것으로 보아 오케스트라 지휘자로 보이고 싶은 모양이었다. 좀 전의 그 요란한 파이프오르간 소리도 저 도마뱀붙이의 짓인 듯했다.

놈의 존재는 중요한 사실을 말해 주고 있었다. 이 사막은 누군가 혹은 누군가들의 작품이었다. 파이프오르간 소리를 내는 선인장과 지휘자 차림새의 도마뱀붙이는 단순한 시스템 오류로 생길 수 있는 게 아니었다.

"나는 사막을 다스리는 왕이자 위대한 오아시스의 주인이다. 관광객이여, 나의 사막에 온 것을 환영한다."

도마뱀붙이가 두 팔을 활짝 펼쳐 보였다. 놈이 인공지능 NPC건 인간이건 제정신이 아닌 것만은 분명했다. 디어루가 시계탑의 전광판을 살피자 도마뱀붙이도 그 눈길을 좇았다.

"이런, 이런! 일몰까지 한 시간도 안 남았네. 해가 지면 이 도시는 좀비들 차지가 될 텐데 말이다. 관광객들은 슬슬 오금이 저릴 시간이지."

도마뱀붙이는 놀리듯 말해 놓고 또 낄낄 웃었다.

"혹시 당신이 이 사막을 만든 건가요?"

"그렇다고 할 수도 있고 아니라고 할 수도 있지. 중요한 건 이 사막이 내 뜻에 따라 만들어졌다는 사실이다."

"모래폭풍으로 6번 도시의 연근 연못과 우엉밭을 망친 것도 당신이 한 일이고요?"

"아마도."

"스콜라시티와 급식빌리지의 접경지대에 모래언덕을 만든 것도 당신이고요?"

"뭘 성가시게 하나 하나 묻고 그러냐? 그전까지 없던 모래언덕이 생겼다면 그냥 다 내 작품이려니 해라."

도마뱀붙이는 인상을 확 찌푸려 보이고는 말을 이었다.

"아직은 시작에 불과하다. 곧 나의 모래알들이 유니시티를 송두리째 뒤덮을 것이다. 저 잘난 도시들은 모래밭 깊은 곳에, 고대의 유적처럼 얌전히 잠들게 될 게다."

유니시티의 시스템에 침입하여 지형이나 건물을 변형, 훼손하면 유니시티 공유재산법 위반 혐의로 처벌을 받게 된다. 디어루는 그 점을 지적하진 않았다. 보안관이라는 신분을 상대가 알아차려서 좋을 게 없었다.

"유니시티를 사막으로 만들려는 이유가 뭐죠?"

"이유야 많지. 내게서 모든 것을 앗아 가고 나를 멸시했던 자들을 파묻어 버리고 싶어서다. 유니시티가 돌아가는 꼴도 맘에 안 들고 말이다. 기자 놈들부터 보안관 놈들까지 하나같이 재수가 없어. 내 자리를 탐내는 놈들과 짜증나는 소음들로 가득해. 그럴 거면 유니시티를 왜 만든 거야! 현실 세계랑 다를 게 하나도 없는데 말이다! 지금의 유니시티는 현실의 거울 세계에 지나지 않아. 그래서 싹 바꾸기로 했다. 관광객아, 캔버스에 유화물감으로 그림을 그려 본 적 있느냐? 중간에 그림이 맘에 안 들면 말이다, 흰색으로 싹 덮어 버리고 다시 그리면 된단다. 나도 그럴 예정이다. 유니시티를 모래로 다 덮어 버리고 처음부터 다시 시작하는 거지!"

도마뱀붙이는 곁에 있는 오르간파이프 선인장을 만지작거리며 말을 이었다.

"이 얼마나 아름다운 상상력이냐. 오르간파이프 선인장이 자라는 곳이면 어디서나 파이프오르간의 선율이 울려 퍼질 것이다. 관광객아, 혹시 이 세상이 물, 불, 공기, 흙으로 이루어졌다는 이야기를 들어 본 적 있느냐?"

"학습만화 책에서 본 것 같아요."

"이제 그 쓸데없는 데이터는 머릿속에서 지워 버려라. 앞으로의 나의 세상은 태양과 모래, 선인장, 오아시스로 이루어질 테니. 아, 하나가 더 있구나."

도마뱀붙이가 정육면체로 불거진 눈알을 번뜩거렸다.

"백성! 위대한 오아시스를 찾아와서 내게 물을 구걸할 백성들 말이다. 부자도 없고 가난한 자도 없고 이 얼마나 공평하냐. 내 밑으로 다 평등한 세상! 너도 곧 그 세계의 백성이 될 것이다."

놈은 유니시티를 위험에 빠트리려는 미치광이 범죄자였다. 어둠의 장막 너머에 숨어서 음모를 꾸미고 있었던 것이다. 당장이라도 칼을 뽑아서 놈의 몸을 박살내어 강제 로그아웃을 시키고 싶었다. 하지만 진짜 정체를 알아내기 전에 놈이 로그아웃을 해 버리면 범죄자를 눈앞에서 놓쳐 버리는 꼴이 된다. 그리고 보안관 디어루에겐 도마뱀붙이를 체포하는 것보다 중요한 일이 있었다.

"나 말고 다른 관광객을 본 적 있어요?"

"관광객? 글쎄다, 관광객은 네가 처음이다."

"그럼 관광객 아닌 다른 사람은 본 적 있다는 뜻인가요?"

"아주 중요한 일을 맡아서 하고 있는 자가 있다. 내 1호 백성이라고나 할까."

도마뱀붙이가 말하는 1호 백성이 유니토라는 보장은 없었다. 하지만 그 사람도 유니시티 시민이라면 보안관인 디어루가 구출해야 할 대상이었다.

"그 사람…… 지금 어디 있죠?"

"오호라, 네 놈은 평범한 관광객이 아니구나. 내 1호 백성을 빼앗으러 온 불청객이구먼. 네 놈 정체가 뭐냐? 내 1호 백성의 가족이냐, 아니면 코를 킁킁거리고 냄새를 좇아온 기자냐. 그것도 아니면…… 겁도 없이 혼자 온 보안관이냐."

"사실은 이 모자의 주인을 찾는 중입니다."

디어루는 제 머리의 모자를 가리켰다.

"얼빠진 녀석! 모자 주인을 왜 사막에서 찾는 거냐? 모자 주인이 여기로 간다는 말이라도 남겼다는 거냐?"

도마뱀붙이는 국경지대의 모래언덕에 걸려 있던 모자에 대해 전혀 모르는 눈치였다. 유니토의 행방을 추적하는 내내 디어루를 가장 괴롭혔던 게 바로 두 개의 벙거지 모자였다. 유니토가 지나간 길에 놓여 있던 벙거지 하나와 유니토가 마지막 목격 지점에서 쓰고 있던 벙거지 하나. 그 수수께끼를 풀기 위해서라도 유니토일 가능성이 있는 사람은 일단 만나고 봐야 한다.

디어루는 등 뒤로 손을 뻗어 칼을 뽑아 들었다.

"1호 백성이라는 사람이 있는 곳으로 당장 안내해!"

칼을 겨누자 놈도 지휘봉을 고쳐 쥐었다.

챙챙! 칼날과 지휘봉이 부딪쳤다. 검술은 디어루가 한수 위였으나 도마뱀붙이에겐 사막 지형이 익숙하다는 이점이 있었다. 놈은 선인장 사이를 요리조리 빠져나가며 디어루의 칼을 피했다. 디어루의 칼날에 선인장 줄기가 잘려 나갈 때마다 도마뱀붙이는 욕을 내뱉었다.

"이런 머저리 개미 똥구멍 같은 게 감히 내 파이프오르간을 건드려!"

뒤로 밀리던 놈은 작전을 바꾸기로 했는지 갑자기 모래언덕 마루로 달려가기 시작했다. 디어루의 발이 모래에 푹푹 빠지는 사이 놈은 파충류의 납작한 발로 잽싸게 멀어져 갔다.

어느덧 마루에 도착한 도마뱀붙이가 소리쳤다.

"보기보다 강한 놈이구나. 맘에 든다. 내 밑에서 일하지 않겠느냐. 내 너를 2호 백성으로 삼고, 오아시스의 물과 대추야자, 하얀 벽돌집을 내주겠다."

"헛소리 그만하고 1호 백성이라는 사람이 있는 곳이나 말해!"

"이런, 이런! 일이 참 재미있게 되었구나!"

도마뱀붙이는 어깨를 들썩이며 낄낄 웃었다.

"관광객아, 시간이 얼마 없구나. 좀비 밥이 되기 싫으면 당장 로그아웃 버튼을 눌러라. 일단 좀비들에게서 몸을 피한 뒤 곰곰이 생각을 해 보렴. 어차피 유니시티는 곧 무너진다. 그러니 나와 함께 새 세상을 여는 게 어떠냐?"

디어루의 눈길이 시계탑을 향했다.

일몰까지 남은 시간 59초, 58초, 57초…….

카운트다운이 시작되었다.

도마뱀붙이의 말대로 좀비들이 깨어나기 전에 몸을 피했다가 아침에 다시 올 수도 있었다. 하지만…….

"냥구……."

함께 게임을 종료하려면 냥구의 손을 잡고 있어야 했다. 녀석을 두고 갈 수는 없었다. 냥구에게 캥거루쥐를 잡아 달라고 부탁한 건 디어루였다.

"쯧쯧! 어리석은 녀석! 내가 굳이 이 도시에 터를 잡고 왕국을 건설하는 이유를 모르는구나. 좀비들은 내 야경꾼이다. 일일이 시키지 않아도 알아서들 밤새 돌아다니며 인간들의 접근을 막아 주지."

놈의 말이 끝나기 무섭게 시계탑에서 종소리가 울렸다.

뎅! 뎅! 뎅!

종소리가 울리기 무섭게 촛불을 훅 불어 끈 것처럼 순식간에 해가 사라졌다.

밤이 되었다. 하늘엔 별 하나 돋아나지 않았고, 어둠이 세상을 꽉 채우고 있었다.

캬하하하학!

좀비들의 울부짖음이 어둠을 가르고 날아왔다.

"그럼, 내 야경꾼들이나 만나 보아라."

도마뱀붙이가 모래를 밟으며 달아나는 소리가 들렸다.

곧이어 파이프오르간 소리가 울렸다. 이번에는 슈베르트의 '마왕'이었다.

'마왕'이 이 도시의 좀비들을 선인장 군락지로, 디어루가 있는 곳으로 불러 모으고 있었다.

사막이 아름다운 건……

모래시계탑 꼭대기의 불빛이 360도로 회전하며 도시를 비추었다.

그 덕에 선인장 군락지로 새까맣게 몰려오는 좀비 떼를 볼 수 있었다. 디어루는 메시지 창의 로그아웃 버튼과 좀비 떼를 번갈아보다가 칼을 고쳐 쥐었다.

"냥구! 냥구야!"

하지만 돌아오는 것은 디어루가 바란 대답이 아니었다.

캬하하학! 캬학! 크하하학!

냥구를 부른다는 게 외려 좀비들에게 위치만 알려 준 꼴이 되었다. 관광객이 좀비에게 물리면 자동 로그아웃이 된다고 했다. 하지만 좀비에게 물리는 게 어떤 느낌일지 상상하기도 싫었고,

냥구를 두고 혼자 강제 로그아웃이 될 수는 없었다.

"냥구야! 나 선인장 언덕 꼭대기에 있어!"

투둑! 툭!

좀비들이 선인장을 부러뜨리며 올라오고 있었다. 언덕마루에 기다리고 있다가 놈들의 목을 차례로 쳐 버리면 그만이지만 문제는 좀비들이 한 방향으로만 다가오는 게 아니라는 점이었다. 좀비들은 디어루가 서 있는 언덕마루를 향해 사방에서 접근해 오고 있었다.

캬학! 캬하하학!

시계탑의 회전등에 좀비들의 얼굴이 드러났다. 이 도시의 초기 설계자들과 디자이너들은 천재가 분명했다. 정육면체와 직육면체, 네모들만으로 저토록 섬뜩하고 흉측한 괴물을 만들어 내다니! 초점 없는 잿빛 눈알들이 디어루를 응시하고 있었다.

디어루는 칼을 휘둘러 좀비의 목을 잘랐다. 칼날이 좀비의 목에 닿을 때마다 푸석한 흙덩이를 내리치는 느낌이 들었다. 디어루의 칼날에 잘려 나간 머리통들이 여기저기로 솟구쳤다. 어떤 머리통들은 어둔 바닥에 떨어져서 박살이 났고 또 어떤 것은 오르간파이프 선인장 줄기에 꽂혀서 디어루를 쳐다보고 있었다.

가장 역겨운 건 머리통끼리 허공에서 부딪치는 것이었다. 그럴 때면 머리통들이 한꺼번에 부서지면서 자잘한 큐브 모양의 뇌 조각들이 우박처럼 쏟아져 내렸다. 그중 몇 개가 디어루의 후드티 안으로 들어왔다.

"아아악!"

디어루는 몸부림을 쳐서 후드티 안의 뇌 조각들을 털어 냈다. 좀비들은 입맛을 다시며 몰려들었고 디어루는 구역질이 나려는 걸 꾹 참고 칼을 휘둘렀다. 뒤쪽에서 접근하는 좀비들은 발차기로 날려 버렸다. 칼날이 빗나가는 바람에 목이 반밖에 잘리지 않은 좀비에게 주먹을 날리고 돌아서는데 메시지 창에 경고문이 떴다.

네 시간 경과.

1차 망각!

데이터 삭제 시작!

3%...... 15%...... 37%...... 69%...... 75%...... 91%.......

푸른색으로 반짝이던 경고문이 사라질 즈음 망각이 찾아왔다.

지난 네 시간 동안의 기억이 말끔히 사라졌다.

도마뱀붙이를 만난 것도 유니토의 행방에 대해 새로 알게 된 것들도 모조리 잊고 말았다. 냥구와 함께 러셀 유형 NPC에게 관광 안내를 받고 있었던 것 같은데 눈을 떠 보니 좀비 떼와 싸우는 중이었다. 그나마 1차, 2차 망각에 대한 설명이 머릿속에 남아 있어서, 무슨 일이 벌어진 건지 추측할 수는 있었다.

'1차 망각에 빠진 거야. 네 시간 동안 무슨 일이 있었던 거야? 냥구 이 녀석은 또 어디로 사라진 거야!'

답답한 마음에 집중력이 흐트러지고 말았다. 뒤에서 달려드는 좀비를 놓친 것이었다.

크하하학!

좀비가 디어루의 한쪽 어깨를 잡아채는 바람에 칼을 떨어뜨리고 말았다. 뒤로 나자빠지고 바닥을 뒹구는 사이 모자도 어디론가 날아가고 없었다. 어깨를 잡아챈 좀비의 주둥이를 박살냈지만 다른 좀비들도 디어루를 향해 팔을 뻗고 있었다. 디어루는 칼을 찾으려고 다급히 바닥을 더듬었지만 모래와 좀비들의 발 말고는 잡히는 게 없었다.

좀비의 손 하나가 디어루의 귀를 움켜쥐었다.

"아악!"

금방이라도 귓바퀴가 찢어져 나갈 것 같은 그때, 앙칼진 울음소리와 함께 무언가가 좀비들 사이로 날아들었다.

"디어루를 놔 줘. 못돼먹은 좀비들아!"

보디가드 냥구였다.

냥구는 좀비들의 머리들 위를 풀쩍거리며 뛰어다녔다. 그때마다 '뽁뽁!' 소리가 허공에 울렸다. 냥구가 발톱으로 좀비들의 눈알을 빼내는 소리였다.

냥구가 지나간 자리마다 정육면체 좀비 눈알들이 이리저리 튀었다. 냥구에게 눈알이 뽑힌 좀비들은 비틀거리다가, 언덕을 타고 올라오는 좀비들 위로 굴러 떨어졌다. 그 틈에 디어루는 칼을 찾아서 냥구와 함께 언덕마루를 벗어났다. 목이 떨어진 채 쓰러져 있는 좀비들을 밟고 선인장들 사이로 뛰어들었다. 칼자루의 손전등으로 바닥을 비추며 좀비들이 없는 쪽으로 한참을 기어가다가 오아시스가 내려다보이는 언덕까지 계속 달렸다. 안전지대에 있다던 전자울타리를 그곳으로 옮긴 건지, 오아시스 주변에는 좀비들이 없었다. 디어루는 그제야 숨을 돌리며 바닥에 주저앉았다.

"냥구, 어디 갔었어?"

"나도 몰라. 정신을 차려보니까 내가 쥐를 사냥하고 있더라고. 쥐를 쫓아가다가 디어루가 부르는 소리를 듣고 달려온 거야."

"1차 망각이야. 우리 둘 다 네 시간 동안의 기억을 잃은 거야."

그 순간 누군가 둘의 대화에 끼어들었다.

"나는 너희가 지난 네 시간 동안 한 일을 알고 있다."

어둠 속에서 작고 네모난 눈알 두 개가 반짝이고 있었다. 손전등으로 눈알 쪽을 비추자 냥구의 머리통만 한 캥거루쥐가 서 있었다. 냥구가 발톱을 세우며 하악거리자 캥거루쥐가 한결 공손해진 태도로 말을 이었다.

"죽이지 않겠다고 약속하면 내가 본 것들을 말해 줄 수 있어요."

"쥐가 하는 말을 믿으라고? 너는 그냥 내 사냥감이야! 아까 좀비들처럼 눈알을 뽁뽁 뽑아 버린 다음, 던지고 받고 던지고 받고 가지고 놀다가 마지막에 목을 앙 물어 죽일 사냥감이란 말이다."

냥구가 송곳니를 드러내며 으르렁거렸다.

"나는 그냥 쥐가 아니라고요! 아까 고양이 님한테 쫓겨 다닐 때 몇 번이나 말했는데 그걸 까먹으신 거예요?"

캥거루쥐가 작은 발을 탕탕 구르며 목소리를 높였다.

"냥구, 평범한 NPC가 아닌 것 같으니까 캥거루쥐 얘기부터 들어 보자."

디어루는 냥구를 진정시키고는 캥거루쥐에게 말했다.

"나는 디어루야. 이쪽은 내 친구 냥구. 이제 고양이도 널 사냥하지 않을 거야. 나도 널 해치지 않겠다고 약속할게."

"냥구 님과 디어루 님의 명예를 걸고 맹세할 수 있어요? 만에 하나 냥구 님 송곳니와 디어루 님 칼이 내 가죽을 찢으면 두 분 다 도마뱀붙이 발가락의 박테리아 같은 존재라고 말이에요."

"그래, 맹세할게. 우리가 널 공격하면 그때부터 우리는 도마뱀붙이 발가락의 박테리아야."

"좋아요, 그럼 알려 줄게요. 두 분은 도시 가장자리 길을 따라 선인장 숲으로 왔어요. 선인장 숲은 사막왕이 관리하는 음악실이에요."

"사막왕?"

"네. 연미복을 입고 다니는 도마뱀붙이예요. 사막을 만들고 다스리는 못된 왕이에요. 파이프오르간 음악을 좋아해서 선인장 숲을 만들었어요. 선인장 줄기들이 전부 소리를 내는 관이에요. 좀비들이 그 언덕으로 몰려온 것도, 사막왕이 일몰 시간에 맞춰서 파이프오르간 연주곡을 틀어서 그래요."

"왜?"

"디어루 님 잡아먹히라고요."

"그럼 내가 사막왕을 만났던 거야?"

"네. 디어루님과 사막왕이 무슨 이야기를 했는지는 못 들었어요. 냥구님이 저를 쫓아오는 바람에."

캥거루쥐가 시무룩한 얼굴로 말을 이었다.

"하지만 좋은 이야기를 나누지 않았던 건 확실해요. 디어루님과 사막왕이 한참 동안 칼싸움을 했거든요. 칼싸움에서 디어루님한테 밀리니까 사막왕이 좀비 떼를 불러 놓고 혼자 달아난 거예요."

"그 사막왕이라는 자에 대해 아는 대로 말해 줘. 그자가 사막을 만들고 다스린다는 게 무슨 말이야?"

"사막왕이 언제부터 있었는지는 저도 몰라요. 저는 이 사막이 만들어지고 난 다음에 태어났으니까요. 그런데 사막이 점점 커진다는 건 알아요. 사막왕 말로는 조금만 있으면 이 세상이 모두 사막이 될 거래요. 선인장 숲에서 낄낄 웃으면서 그렇게 중얼거리는 걸 들었어요."

디어루는 최근 유니시티 곳곳에서 발견되는 정체불명의 모래언덕을 떠올렸다. 그게 사막왕의 짓이었을 줄이야! 미치광이 하나가 어둠의 장막 너머에서 무시무시한 음모를 꾸미고 있었던 것이다.

"세상이 사막으로 뒤덮이면 사막왕이 여기저기에다 오아시스를 만들 거예요. 그러고는 물과 집을 팔 거래요. 돈은 대추야자고요."

"대추야자 화폐를 쓰겠다는 거구나. 유니시티를 아예 사막 도시로 만들어 버릴 속셈이야."

"맞아요. 도시 이름도 지어 놨어요. '평등과 오르간의 사막'이래요."

"뭐? 평등과 오르간의 사막?"

"네. 자기는 왕이고 자기 밑으로는 모두가 평등한 사막 도시를 만들 거래요."

지금까지 디어루는 유니시티의 도시들 중에 4번 도시의 이름이 가장 유치하다고 생각했다. 4번 도시는 같은 학교 출신의 어른들이 만나서 노는 '친구야, 매점 가자'였다. 하지만 '평등과 오르간의 사막'은 4번 도시의 이름보다 더 유치했다. 세상을 망치려는 자가 지을 만한 이름도 아니었다. '사막왕'도 유니시티를 사막으로 만들고 오아시스의 물을 독차지하려는 자와는 어울리지 않는 이름이었다. 놈에게 맞는 이름은 악당, 범죄자, 독재자였다.

"사막을 만든 게 그 도마뱀붙이면…… 캥거루쥐 너도 그자가 만든 거야?"

"아니에요. 나는 그 흉측한 도마뱀붙이랑은 상관이 없어요. 나를 만든 분은…… 아, 이름은 말할 수 없어요."

캥거루쥐는 발로 모래를 툭툭 차며 한숨을 쉬었다.

"말을 안 하려는 게 아니라 말을 하고 싶어도 못 하는 거예요. 그분이 나를 그렇게 만들었거든요."

아마도 자기 이름을 어디 가서 말하지 못하도록 캥거루쥐를 설계한 모양이었다.

"그래, 널 만든 사람의 이름은 말 안 해도 돼. 대신 어떤 사람인지 설명은 해 줄 수 있지?"

"오아시스 맵을 설계하는 분이에요. 나도 얼굴은 몰라요. 나는 이 모래밭에서 태어났거든요. 사실 이번이 두 번째 삶이에요."

그러자 냥구가 끼어들었다.

"두 번째 삶? 캥거루쥐의 목숨이 여러 개라도 된다는 거야?"

"제 목숨이 몇 개인지는 몰라요. 처음엔 여우로 태어났다가 몇 시간 만에 사막왕의 지휘봉에 찔려 죽었어요."

"뭐? 그 미친 도마뱀붙이 녀석이 널 죽였다고?"

"네. 누가 날 만들었는지 물었는데 말을 안 하니까 죽였어요. 사막왕 손에 죽었다가 며칠 전에 다시 태어났어요. 이번에는 캥거루쥐로요. 저번보다 몸집이 작아져서 사막왕을 피해 다니기에 좋아요. 선인장 줄기 뒤에 숨으면 되거든요."

"널 만든 사람은 널 왜 또 만든 거야? 여긴 미친 도마뱀붙이가 지배하는 위험한 곳이잖아. 게다가 그놈이 널 죽이기까지 했는데 말이야."

"저는 그분의 심부름꾼이에요."

"무슨 심부름을 하는데? 그 사람을 만난 적도 없다면서."

"사막에서 처음 눈을 떴을 때부터 그 심부름을 알고 있었어요. 그리고 여기 사막에 숨어서 디어루 님을 기다리고 있었어요."

"나를?"

"네. 디어루 님의 이름은 몰랐지만 하얀 벙거지 모자를 가지고 있는 사람을 기다리는 게 제 일이었어요."

"내가 좀비들이랑 싸우다가 잃어버린 그 모자 말이야? 혹시 널 만든 사람한테도 그거랑 똑같은 모자가 있니?"

"그건 몰라요. 하얀 벙거지를 가지고 있는 사람한테 어떤 말을 전해야 한다는 것만 알아요."

"무슨 말인데?"

"사막이 아름다운 건 어딘가에 샘이 있기 때문이다."

디어루의 심장이 마구 뛰었다.

"너 혹시 지난번에 귀가 뾰족하고 털빛이 붉은 여우였니?"

"네. 아주 빨간 색은 아니었지만 붉은 빛이 도는 털이긴 했어요. 귀도 뾰족했고요."

녀석은 『어린왕자』에서 어린왕자가 사막에서 만났던 여우였다. 그렇다면 녀석을 만들어서 이 사막에 풀어 놓은 사람은 『어린왕자』를 좋아한다던 그 아이가 분명했다.

하얀 벙거지의 주인이자 디어루가 내내 찾아다녔던 사람…… 유니토!

유니토는 사막왕의 눈을 피해 S.O.S 신호를 보내고 있었던 것이다. 유니토가 『어린왕자』를 좋아한다는 걸 아는 사람들만 알아들을 수 있는 신호였다.

사막왕의 집

캥거루쥐가 갑자기 울음을 터뜨렸다. 작은 앞발로 두 눈을 가리고는 서럽게도 우는 것이었다.

"왜? 네가 해야 할 일을 멋지게 해냈는데 왜 울어?"

디어루는 손가락으로 조심스레 캥거루쥐의 어깨를 쓰다듬었다.

"하얀 벙거지를 가진 사람에게 그 말을 전하려고 살았는데, 그 일이 끝나 버렸으니까 이제는 살아갈 이유가 없어요. 내 두 번째 삶도 이걸로 끝이에요! 으아아앙! 난 이제 숨을 쉴 이유도, 별을 쪼일 이유도, 뜨거운 모래밭을 해작이며 다닐 이유도 없다고요!"

디어루는 캥거루쥐 바로 앞에 쪼그려 앉아서 눈높이를 낮추었다.

"하나의 목표를 이뤘다고 인생이 끝나는 건 아니야. 그 다음 목표를 찾으면 돼."

"어떻게요?"

캥거루쥐가 손등으로 눈물을 훔치며 물었다.

"사실 네가 해 줬으면 하는 일이 있어. 너 아니면 누구도 해낼 수 없는 일이야."

"안 할래요. 그거 끝나고 나면 또 살아갈 이유가 없는 거잖아요."

"또 다른 심부름을 시키려는 게 아니야. 친구로서 부탁하는 거야. 그리고 널 만든 사람의 심부름을 무사히 해냈다는 건 살아갈 이유가 사라진 게 아니야. 넌 이제 자유라는 뜻이야."

"친구…… 부탁? 자유?"

"그래. 부탁할게. 이 사막의 자유로운 캥거루쥐만이 해낼 수 있는 일이 있어."

"뭔데? 말해 봐."

디어루를 벌써 친구로 받아들인 건지 캥거루쥐의 말투가 바뀌었다.

"나랑 냥구는 널 만든 사람을 구출하러 갈 거야. 그동안 너는 이 도시의 출입문으로 가. 그곳으로 빠져나가면 시커먼 장막이 세상을 가리고 있을 거야. 아무것도 보이지 않는 어둠이 널 가로막을 거야. 그걸 뚫고 가면 사람이 살지 않는 황무지가 나올 거야. 그 황무지의 남쪽으로, 높은 철조망이 나올 때까지 계속 가. 철조망을 빠져나가면 채소밭 시티가 나올 거야. 거기 시민들에게 도움을 요청해. 실종된 유니토와 보안관 디어루가 어둠의 장막 너머 사막에 갇혀 있다고. 유니시티 보안관청에 신고해 달라고 말이야."

"다 외웠어. 이렇게 가서 거길 지나고 저렇게 가서 이렇게 저렇게 하라는 거 맞지?"

캥거루쥐가 어둠 속에서 눈을 번뜩거리며 앞발가락으로 허공에 휙휙 선을 그어 보였다.

"맞아."

"좋아. 나한테 맡기라고."

캥거루쥐는 디어루와 냥구를 차례로 껴안았다. 냥구는 쥐의 포옹이 못마땅한 얼굴이었지만 녀석을 뿌리치진 않았다. 캥거루쥐는 전령의 신 헤르메스처럼 날래게 떠나갔다.

디어루는 오아시스 지대를 내려다보며 생각에 잠겼다.

이제 유니토에 대한 수수께끼는 얼추 풀렸다.

디어루가 쓰고 있는 벙거지는 진짜 유니토의 모자가 아니었다. 그건 유니토가 가상도시 설계 프로그램으로 만들어서 국경지대 모래언덕의 선인장에 걸어 둔 것이었다. 누군가 그 모자를 발견하고 자기를 찾아 주길 바랐던 것이다. 좀 더 발견하기 좋은 곳에다 힌트를 두지 않은 것은 사막왕의 눈을 피하기 위해서였을 것이다. 등잔 밑이 어두운 법이라고, 사막왕의 의심이 가장 덜한 곳이 모래언덕과 사막일 테니까.

유니토는 사막왕에게 붙잡히기 전부터 세상이 사막으로 변하고 있다는 사실을 알아차렸는지도 모른다. 그래서 혼자 모래언덕을 조사하고 있었다면 11일과 12일에 접경지대의 철조망길을 오간 것도 설명이 된다.

캥거루쥐는 유니토를 '오아시스 맵을 설계하는 분'이라 했다.

그건 사막왕과 유니토의 관계에 대한 결정적 증언이었다.

사막왕은 유니토를 우연히 납치해서 맵을 설계하도록 한 게 아니었다. 유니토가 맵을 만드는 아이라는 걸 알고 잡아간 것이었다. 털보 국장 말로는 유니토가 '어린왕자의 사막'이라는 맵을 완성했다고 했다. 그게 사막의 샘, 오아시스를 설계한 맵이었다면 모든 게 맞아떨어진다.

사막왕은 유니토를 납치하기 전에 이미 '어린왕자의 사막'에 대해 알고 있었던 것이다. 하지만 사막 맵을 설계하는 것과 실제 유니시티에 그 맵이 구현되는 건 다른 차원의 일이다. 결국 유니시티를 마구잡이로 뒤덮고 있는 모래언덕과 모래폭풍은 유니토의 작품이 아니라는 뜻이다. 그건 분명 사막왕이 직접 꾸민 일일 것이다.

유니시티의 시스템은 겹겹의 방어벽으로 둘러싸여 있었다. 도시별 설계 프로그램의 충돌로 자잘한 오류들이 발생한 적은 있지만 시스템 전체가 무너진 적은 없었다. 악명 높은 해커들도 유니시티 시스템을 뚫지는 못했다. 그 순간 디어루의 뇌리를 스치는 기억이 있었다.

'설마…… 사막왕이 그걸 손에 넣은 거야?'

디어루는 저도 모르게 몸을 떨었다.

대재앙의 시대!

유니시티 시스템을 뚫을 수 있다고 알려진 단 하나의 해킹 프로그램.

사막왕이라는 자가 '대재앙의 시대'를 가지고 있다면 이야기는 달라진다.

'대재앙의 시대'는 전설처럼 입에서 입으로 전해질 뿐, 정말로 존재하긴 하는지, 누가 만들었으며 어떤 식으로 가상도시에 작용하는지 알려지지 않았다. 시민들 대부분은 '대재앙의 시대'가 유니시티의 도시괴담에 지나지 않는다고 생각했다. 하지만 보안관 디어루는 그 프로그램이 실제로 존재한다는 걸 알고 있었다.

신입 보안관 시절 어느 날, 털보 국장이 누군가와 통화하는 것을 들은 적이 있었다. 당시 디어루는 체력단련실에서 훈련을 마치고 유니시티 접속을 준비하고 있었다. 하지만 운동을 무리하게 했는지 심박수가 올라가서 평소보다 접속이 늦어졌다. 로그인 창에는 '심박수가 안정될 때까지 대기하세요.'라는 메시지가 2분 넘게 떠 있는 상태였다. 보안국장의 입에서 '대재앙의 시대'란 말이 흘러나온 건 바로 그때였다.

"감옥에 넣는다고 끝나는 게 아닙니다. 그 사람이 대재앙의 시대를 어디에 숨겼는지 알아내야죠! 그 사람이 입을 안 열면 보좌관들이라도 불러다가 심문해야죠. 이대로 일을 덮었다간……."

디어루가 들은 것은 거기까지였다. 심박이 정상으로 돌아왔는지 갑자기 유니시티 입장곡이 울렸던 것이다. 소문인 줄만 알았던 '대재앙의 시대'가 실제로 존재한다는 게 섬뜩했지만 디어루가 캐고 들 일은 아니었다. 우연찮게 다른 사람의 전화통화를 엿들었을 뿐이며, 보안관 디어루의 업무와는 크게 상관없는 일이었다. 게다가 당시는 신입 보안관 업무에 적응하느라 디어루도 정신이 없던 시절이었다.

사막왕의 정체는 털보 국장과 누군가의 전화통화 중에 언급되었던 '그 사람'이 분명했다.

'대재앙의 시대'를 빼돌린 그자가 유니토를 납치한 것이었다.

디어루의 머릿속에 가장 먼저 떠오른 이름은 달초암이었다.

'좀비 부동산 투자 게임' 도시를 만들던 회사 출신이자 유니토에게 그 도시의 존재를 알려 준 것으로 추정되는 사람, 유니토가 '어린왕자의 사막'이라는 맵을 만들었다는 사실을 아는 사람들 중 하나. 하지만 달초암에게는 사막왕과 맞지 않는 점이 두 가지 있었다.

첫째, 달초암이 '대재앙의 시대'를 빼돌린 장본인이라면 털보 국장이 그를 몰랐을 리 없다. 털보 국장과 유니시티 정보국이 내내 그 뒤를 쫓고 있었을 테니까.

둘째, 달초암이 사막왕이라면 굳이 유니토를 데려가야 할 이유가 없었을 것이다. 캥거루쥐 말에 따르면 유니토는 사막왕 밑에서 오아시스 맵을 설계하는 일을 하고 있었다. 그 말은 곧 사막왕은 아예 맵을 만들 줄 모르거나, 열네 살 중학생의 손을 빌려야 할 만큼 기초적인 맵 설계 기술도 없다는 뜻이다. 하지만 달초암은 수강생들에게 가상도시 맵 설계를 가르칠 만큼 그 분야의 전문가였다.

'대체 어떤 놈이 이런 짓을 꾸민 거야!'

디어루는 도마뱀붙이의 진짜 얼굴이 궁금했다.

사막왕은 남의 고통을 즐기는 자였다. 도시 가장자리 마을에서 들려오는 저 비명들이 그 증거였다. 원래 이 도시의 NPC 시민들은 일몰 전에 집에 들어가도록 설계되어 있을 것이다. 하지만 사막왕이 길을 망쳐 버리는 바람에 모래 언덕 곳곳에 고립되어 좀비 떼의 습격을 받아야 했다.

어둠에 잠긴 오아시스 마을이 디어루를 부르고 있는 듯했다.

"가자, 냥구. 오아시스를 다 뒤져서라도 유니토를 찾을 거야. 그 다음에 사막왕이라는 자의 정체도 밝혀낼 거야!"

시계탑의 불빛에 비친 마을은 멀리서 보던 것보다 훨씬 컸다. 하지만 사막왕의 집이 어디인지는 한눈에 알아볼 수 있었다. 크기와 구조가 같은 집들 사이에 혼자 우뚝 솟아 있는 집이 있었던 것이다. 다른 집들보다 열 배는 커 보이는 데다 유일하게 담장이 있는 집이었다. 그 집만 담장이 있다는 건 그 안에 감춰야 할 뭔가가 있다는 뜻이었다. 아니면 숨겨야 할 누군가가 있거나!

하지만 대문이 없었다.

디어루와 냥구가 집을 두 바퀴나 돌았는데도 출입구를 찾지 못했던 것이다. 고양이인 냥구도 뛰어오를 수 없을 만큼 담장이 높은데 사람이 드나들 통로가 보이지 않았다.

"누가 도마뱀붙이의 집 아니랄까 봐."

놈은 벽을 탈 줄 알기 때문에 대문이 없어도 집으로 들어갈 수 있었다.

디어루는 대여섯 번쯤 칼로 담장을 치다가 관두었다. 벽돌이 조금씩 부스러지긴 했지만 담장은 예상보다 훨씬 두꺼웠다. 거기에 대고 칼을 휘둘러 봤자 칼날만 부러질 것이었다. 러셀 부인이 챙겨 준 무기마저 소용이 없다면…… 유니토를 믿어 보는 수밖에 없을 터였다.

"방법이 있을 거야. 유니토는 누군가 자기를 구하러 와 줄 거라 믿고 있었어. 캥거루쥐를 만들어서 말을 전하게 한 것도 그래서야. 그렇다면 이 집 안으로 들어가는 통로도 만들어 뒀을 거야."

"어디에?"

"나도 몰라. 지금부터 찾아봐야지. 집 근처 모래밭부터 뒤져 보자."

디어루는 손전등 불빛으로 바닥을 비추고 다녔다. 냥구도 이리저리 옮겨 다니며 앞발로 모래를 파헤쳤다. 그러다 어느 순간, 모래밭에 몸을 말고 잠들어 버렸다. 머리 위에 색깔 동그라미는 떠 있지 않았지만 녀석은 분명 지칠 대로 지친 상태일 것이다. 디어루는 냥구를 자게 두었다. 유니토를 찾는 건 디어루의 일이지 냥구의 일은 아니었다. 냥구는 디어루의 보디가드였고, 아까 좀비 떼와 싸울 때 누구보다 훌륭하게 그 일을 해낸 터였다.

파도 파도 모래뿐이었다.

그곳은 정육면체의 자잘한 모래 알갱이들이 지배하는 세상이었다. '대재앙의 시대'가 유니시티를 사막으로 만들어 버리는 프로그램이라고는 그 누구도 상상 못 했을 것이다. 이대로 가면 거대한 당근과 옥수수가 자라는 채소밭도 사라지고 스콜라시티 도서관도 사라지고, 유니시티 출근 때마다 험악한 얼굴로 맞아 주던 케르베로스 동상도 파묻히고 만다. 이 지긋지긋한 모래들에!

디어루는 캥거루쥐가 전한 메시지를 곱씹어 보았다. 사막이 아름다운 건 어딘가에 샘이 있어서라고 했다. 유니토는 왜 하필 그 문장으로 자신의 존재를 알렸을까? 자신이 사막왕의 집에 갇혀 있다는 사실을 알리려는 것이라면 더 단순한 문장을 사용하는 편이 나았을 것이다. '어린왕자가 모래에 있다!' 이렇게만 해도 유니토의 행방을 좇는 사람들은 다 알아들었을 것이다. 하지만 유니토는 그 문장을 고집했다. 전에 스콜라시티 도서관에서도 그림의 제목으로 삼았을 만큼 좋아하는 문장이라서?

디어루는 고개를 저었다.

유니토는 자기 취향을 고집할 만큼 한가한 상황이 아니었다. 미친 도마뱀붙이의 눈을 피해, 그놈은 알아듣지 못할 방식으로, 필요한 정보들을 꽉꽉 욱여넣은 문장을 골라야 했다.

'사막, 샘…….'

디어루의 눈길이 천천히 물웅덩이를 향했다.

"맙소사, 집으로 들어가는 열쇠는 물속에 있었던 거야!"

캥거루쥐가 전한 메시지에는 두 가지 뜻이 들어 있었던 것이다. 이 문장이 적힌 책을 좋아하는 유니토가 사막에 갇혀 있다, 사막을 아름답게 하는 '샘'을 기억하라!

시계탑의 회전등이 거대한 대추야자나무들을 훑고 갔다. 디어루는 나무들 틈으로 들어가 웅덩이 앞에 섰다. 바닥이 보이지도 않는 물에, 그것도 밤중에 뛰어든다는 게 소름끼쳤다. 하지만 이미 저 물보다 더 검은 장막을 뚫고 온 디어루였다. 디어루는 물속으로 첨벙첨벙 걸어 들어갔다.

무릎이 잠기는 곳까지 갔을 때였다. 시계탑의 회전등이 오아시스를 비추는 순간 웅덩이 바닥에서 뭔가가 반짝이는 게 보였다. 직육면체의 유리통이었다. 디어루는 손전등으로 바닥을 비추며 유리통을 조심스레 건져냈다.

유리통 안에는 작은 나무 화분 하나가 들어 있었다. 줄기가 굵고 우듬지는 자잘한 가지들로 채워진 나무였다.

다시 모래밭으로 나온 디어루는 유리통 속의 화분을 꺼냈다. 화분 아랫부분에 글자가 있었다.

'나를 심어요.'

디어루는 모래밭에 구덩이를 파고 화분에서 끄집어낸 나무를 심었다. 나무뿌리를 잘 지탱해 주도록 주변의 모래들을 다지고 있는데 갑자기 모래밭이 흔들리기 시작했다. 지진이 난 것처럼 모래밭이 쩍쩍 갈라지고 땅 전체가 꿈틀거리는가 싶더니 나무가 하늘로 치솟기 시작했다. 디어루는 잠든 냥구를 품에 안고서 뒤로 물러났다. 나무는 사막왕의 집 담장에 닳을락 말락 한 지점에서 성장을 멈추었다.

바오밥나무였다.

『어린왕자』에 나오는 그 나무였다.

다른 점이 있다면 유니토가 만든 바오밥나무에는 널빤지 사다리가 붙어 있다는 점이었다.

"뭐야? 누가 또 깨우는 거야? 더 자고 싶은데. 히잉."

잠에서 깬 냥구가 아니 힝구가 칭얼거렸다.

"힝구, 여기 나무 밑에서 자고 있어."

"으응? 저번에 방송국에서 만났던 그 친구잖아."

"응, 맞아. 딴 데 가면 위험하니까 여기서 자고 있어."

디어루는 힝구를 나무 밑에 내려놓고 사다리를 타고 올라갔다.

우듬지에 도착하자 담장 안쪽 집이 내려다보였다. 바오밥나무의 가지 하나가 담장 안으로 드리워져 있었고 그 끝에 줄사다리가 달려 있었다. 디어루는 가지 끝으로 기어가서 줄사다리로 발을 뻗었다. 한 칸씩 천천히 내려가던 디어루는 마침내 땅에 발이 닿았다.

디어루가 발을 디딘 곳은 사막왕의 집 정원이었다. 곳곳에 정원등이 켜져 있어서 집 안 풍경이 한눈에 들어왔다. 통통한 줄기 위에 하얗고 가느다란 실들이 북슬북슬한 노인선인장과 갖가지 길이와 모양의 선인장들이 정원을 채우고 있었다. 사악한 도마뱀붙이가 살기에는 너무나 아름다운 곳이었다.

디어루는 칼을 움켜쥐고 발소리를 죽이며 정원을 가로질렀다. 하지만 커다란 기둥선인장 옆을 지날 때쯤 메시지 창에 경고문이 떴다.

1차 경고 후 네 시간 경과.

2차 망각이 시작됩니다.

짧은 경고문이 대여섯 번 깜빡이다 사라지고 설명글이 이어졌다.

당신은 '좀비 부동산 투자 게임' 도시의 시민 디어루입니다.

당신의 집은 십자가마을 46번지입니다.

당신은 타파이트 광산에서 일하는 엄마와 살고 있으며 현재 당신의 재산은 850타파이트입니다.

ZPI고등학교 2학년에 재학 중이며, 주말에는 일당 80타파이트를 받고

동네의 '오직 세 가지 책' 서점에서 아르바이트를 합니다.

디어루는 오랜 잠에서 깨어난 것처럼 머릿속이 멍했다.

'나는…… 디어루야. 그런데 이 밤중에 왜 남의 집 마당에서 칼을 들고 있는 거지? 밤과 어둠은 좀비의 것이니까 이 시간에는 안전한 집에 있어야 하는데. 엄마가 걱정하실 텐데 이걸 어쩌지? 그런데 오늘이 무슨 요일이지? 주말이면 아르바이트는 다녀왔겠지?'

망각 속에서

"웬 놈이냐?"

연미복 차림의 도마뱀붙이가 현관문을 열고 나왔다.

"아니, 네 놈은! 네 놈이 어떻게 여태 살아 있는 거냐? 분명 좀비 밥이 됐을 텐데."

기억에도 없는 도마뱀붙이가 다짜고짜 성을 냈다.

"아…… 안녕하세요."

디어루는 황급히 칼을 감추며 말을 이었다.

"십자가마을 46번지에 사는 디어루입니다. 밤에 밖에 나왔다가 길을 잃은 것 같아요. 아침 해가 뜰 때까지만 여기 정원에 있어도 될까요?"

도마뱀붙이는 이제야 뭐가 어떻게 된 건지 알겠다는 눈빛으로 낄낄 웃었다.

"이 도시의 망각이란 장치는 참말 매력적이란 말이야. 모래에 묻어 버리기엔 이래저래 아까운 구석이 많은 도시야. 그래, 디어루. 기억이 안 나는 모양이다만 너를 여기로 부른 게 나다. 여기 경호원으로 일해 줬으면 해서 말이다. 저번에 보니 칼을 아주 잘 다루더구나."

"그럼 제가 경호원 아르바이트를 하려고 여기 온 건가요?"

"그렇지!"

"제가 뭘 하면 되죠?"

"일단은 저기 창고를 지켜줘야겠다."

도마뱀붙이가 노인선인장 군락지 너머에 있는 작은 집을 가리키며 말을 이었다.

"저 안에 죄수 하나를 가둬 놨는데 말이다, 그놈이 호시탐탐 탈출을 하려 들지 뭐냐. 그놈이 이 집에서 도망치지 못하게 지키려무나."

"그 사람이 무슨 죄를 지은 거죠?"

"그건 알 거 없고, 아주 위험한 놈이란 것만 명심해라. 혹시라도 그놈이 튀어나오거든 칼등으로 머리를 탁 내리쳐서 기절시켜. 그런 다음 다시 창고에 쳐 넣어! 자, 뭐 하고 섰어? 어서 창고 앞으로 가지 않고."

"임금이 얼마인지 말씀하시지 않았잖아요."

"뭐? 임금?"

"네. 아르바이트비요. 학교 앞 서점에서는 일당 80타파이트를 받았어요. 여기는 서점보다 일이 힘든 곳이니까 100타파이트는 주셔야 해요."

"그놈의 타파이트가 뭐라고, 쯧쯧. 곧 모래알보다 못한 돈이 될 텐데."

"그게 무슨 말씀이시죠? 타파이트를 모아서 안전지대에 집을 사는 게 우리 도시 시민들의 목표잖아요."

"알았다, 알았어! 주면 될 거 아니냐! 그러니까 가서 창고나 지켜!"

도마뱀붙이는 혀를 차며 집 안으로 들어갔다.

창고의 출입문은 자물쇠가 채워져 있었다. 방범 창살에 가려진 창문에 불빛이 환한 걸로 보아 죄수도 깨어 있는 모양이었다. 디어루는 제 손에 쥐어져 있는 칼을 내려다보았다. 검술을 배운 기억은 없는데도 이상하리만치 칼자루의 느낌이 익숙했다. 허공에 대고 칼을 휘두르자 '윙! 윙!' 공기를 가르는 소리가 났다.

하지만 어딘가 이상했다. 이 도시의 평범한 시민들은 칼을 들고 다니지 않았다. 인간의 시간과 좀비의 시간이 완벽하게 나뉘어 있기 때문에 야간 외출 규칙만 잘 지킨다면 좀비와 싸울 일도 없었다. 좀비는 피해 다녀야 할 대상이지 칼로 무찔러야 하는 존재가 아니었다. 그런데도 손에 칼이 쥐어져 있다는 건 밤거리를 헤매고 다녀야 할 피치 못할 사정이 있었다는 뜻이리라. 아니면 디어루가 '시민안전법'이 정한 야간 외출 규칙을 무시할 만큼 제 멋대로인 아이거나.

'죄수'의 존재 역시 디어루 손에 쥐어져 있는 칼만큼이나 이상했다. 원래 이 도시는 범죄율이 제로에 가까운 곳이었다. 모든 타파이트는 인공지능 은행 시스템이 관리하기 때문에 돈 문제로 다투는 사람은 없었다. 또 집이나 건물을 사고파는 일은 처음부터 끝까지 '부동산 매매 계약에 관한 법률'이라는 법전의 조항에 따라 안전하게 진행되었다. 경찰도 있고 순찰차도 돌아다녔지만 그들이 하는 일은 기껏해야 일몰이 다가온다는 사실을 시민들에게 알리는 것뿐이었다.

"그럼 저 죄수는 대체 뭐지?"

디어루는 창문의 방범 창살을 기웃거렸다. 그 순간 창살 너머 창문에 남자아이의 얼굴이 나타났다.

남자아이가 뭐라 뭐라 말을 하는 듯했으나 창문에 방음장치가 되어 있는지 디어루에겐 아무 소리도 들리지 않았다. 남자아이도 제 목소리가 디어루에게 전달되지 않는다는 걸 아는지 울상이 되었다. 도마뱀붙이는 분명 창고에 아주 위험한 죄수를 가두어 두었다고 했는데 디어루가 본 남자아이는 위험하다기보다 겁에 질린 것처럼 보였다.

창고의 출입문과 마찬가지로 창문도 바깥쪽에 자물쇠가 채워져 있었다. 방범 창살이 있으니 창문 정도는 열어 줘도 괜찮을 것 같았다. 디어루는 창살 사이로 칼을 뻗어 자물쇠를 내리쳤다.

툭!

자물쇠가 떨어져 나가자 아이는 오래 참았던 숨을 터뜨리듯이 창문을 열어젖혔다.

"유니시티에서 온 사람 맞죠?"

아이는 디어루가 알아듣지 못할 말을 쏟아냈다.

"아니야. 나는 십자가마을에서 온 디어루야."

"거짓말. 아까 바오밥나무를 타고 넘어오는 걸 봤다고요. 당신은 유니시티 사람이 분명해요."

"무슨 소리야? 나는 이 도시의 고등학생이야. 여긴 그냥 아르바이트 하러 온 거야. 바오밥나무 같은 건 본 적도 없어."

"그럼 저건 뭐예요?"

아이가 담장 쪽을 가리켰다.

나무 한 그루가 하늘을 찌를 듯이 솟아 있었다. 담장을 넘어 들어온 가지에는 줄사다리가 매달려 있었다.

"이 집은 대문이 없어요. 여길 들어오는 방법은 딱 세 가지예요. 도마뱀붙이처럼 담을 타거나, 도마뱀붙이에게 붙잡혀 왔거나, 저 나무를 타고 들어오거나."

"사실은…… 여기까지 어떻게 왔는지 기억이 안 나."

"아, 망각이에요! 관광객의 규칙을 어겨서 망각이 찾아온 거예요. 당신을 아는 누군가가 기억을 깨워 줄 때까지 이 도시의 NPC로 살아가야 하는 벌칙이에요. 일단 나 좀 꺼내줘요. 꼭 해야 할 일이 있어요. 그 일만 마치고 나면 당신이 기억을 찾도록 도와줄게요."

"나를 고용한 도마뱀붙이 말로는 이 창고에 죄수를 가뒀다고 하던데, 그게 너야?"

"죄수 아니에요. 유니시티에서 온 중학생이에요. 당신처럼 망각에 빠져 있다가 도마뱀붙이한테 납치당한 거예요. 그놈은 나를 여기 가두어 두었다가 잠깐씩 자기 사무실로 끌고 가서는 가상도시 맵을 만들게 해요. 오아시스와 그 주변의 작은 도시들을 만드는 일이에요. 이 오아시스 마을도 내가 만든 거예요."

"도마뱀붙이가 너한테 그 일을 시키는 이유가 뭔데?"

"세상을 사막으로 만들어 버린 다음 오아시스를 지배하는 왕이 되려는 거예요! 도마뱀붙이의 정확한 정체는 나도 몰라요. 자기 목표만 생각하는 거 보면 미친 인공지능 NPC 같은데, 또 기분 나쁘게 웃을 때면 인간 같거든요. 그놈이 누구든 얼른 가서 막아야 해요. 그놈이 실행시킨 사막 재앙 프로그램을 중단시키지 않으면 유니시티가 통째로 사라질 거예요."

"하지만…… 네 말이 사실이라는 증거가 없잖아. 저 바오밥나무는 원래부터 저기 있었던 건지도 모르고 말이야."

아이는 풀죽은 얼굴로 바오밥나무를 바라보다가 울음을 터뜨렸다. 아이의 눈에서 투명한 정육면체 눈물방울이 뚝뚝 떨어져 내렸다.

"유니시티에서 보안관이 와 줄 줄 알았는데……. 내가 심어 둔 단서들을 따라서 여기까지 와 줄 거라 믿었는데……."

디어루는 아이를 울린 것 같아 마음이 무거웠다. 하지만 도마뱀붙이 말을 믿어야 할지 아이의 말을 믿어야 할지 선불리 판단할 수가 없었다. 얼핏 봐선 도마뱀붙이가 못된 존재 같지만 겉모습만으로 상대를 판단해선 안 된다는 것쯤은 디어루도 알고 있었다. 자신이 유니시티 사람이라고 우기는 저 아이가 작정하고 디어루를 속이고 있는 건지도 몰랐다. 누구 말이 맞는지는 디어루가 직접 확인해 보는 수밖에 없었다.

"그럼 이렇게 하자. 내가 도마뱀붙이의 사무실을 조사해 보고, 네 말이 사실이면 구하러 올게."

그러자 아이도 눈물을 닦았다.

"조심해요. 미친개가 사무실 문을 지키고 있으니까. 엄청 사나워서 쇠줄로 묶어 놓고 키우는 녀석이에요."

"그럼 도마뱀붙이는 사무실에 어떻게 드나들어?"

"벽을 타고 창문을 넘어 다녀요. 나를 끌고 갈 때도 마찬가지고요."

"알았어."

디어루가 자리를 뜨려는데 아이가 창문 너머로 손을 내밀었다.

"유니토예요, 내 이름."

유니토……. 어디서 들은 이름 같기도 하고 아닌 것 같기도 했다.

"난 디어루."

짧은 악수를 나눈 뒤 디어루는 칼을 쥐고 도마뱀붙이의 집으로 향했다.

현관문은 잠겨 있지 않았다. 대신 경고문이 나붙어 있었다.

개 조심!

우리 개는 물어요!

무조건 물어요!

문을 열고 들어가자 유니토가 말한 미친개가 콧잔등을 일그러뜨리며 디어루를 맞아 주었다.

그냥 개가 아니었다. 몸집이 6인승 밴만 하고, 커다란 머리가 세 개나 달린 검은 개였다. 그 모습이 묘하게 낯이 익었다. 하지만 디어루의 기억 어디에도 머리가 셋 달린 개는 존재하지 않았다. 어쩌면 '오직 세 권의 책' 가운데 시집 『어둠의 주인들』에서 머리가 여러 개인 괴물 이야기를 읽었는지도 모른다.

"착하지, 멍멍아."

디어루가 달래 보았지만 개는 착하게 살 마음이 눈곱만큼도 없는 듯했다. 길이가 다른 직육면체 침을 뚝뚝 흘리면서 목줄이 팽팽해지도록 날뛰는 것이었다. 머리가 세 개라는 건 사람을 찢어발길 주둥이가 세 개란 뜻이기도 했다. 개가 풀썩거리자 집이 통째로 흔들렸다. 디어루 혼자 개를 해치우는 건 무리일 듯했다. 머리 하나를 자른다 해도 남은 머리들과 앞발이 디어루를 박살낼 것이었다.

디어루가 칼을 고쳐 쥘 때였다. 무언가가 꿈틀거리며 천장을 따라 기어오고 있었다. 도마뱀붙이였다. 연미복을 차려입은 모습이 기괴하기 그지없었다.

도마뱀붙이는 천장에 들러붙은 채 디어루에게 소리쳤다.

"지키라는 창고는 안 지키고 여기서 뭐 하는 게냐!"

"사무실 구경을 좀 하려고요! 창고에 갇힌 아이 말로는 당신이 저 안에서 이상한 일을 꾸민다던데요. 그 애 말이 사실인지 아닌지 내 눈으로 확인하려고요."

"뭐라고? 기억도 잃고 밤중에 헤매는 걸 데려다가 일자리까지 줬는데, 그 어린 죄수 말만 믿고 내 사무실을 염탐하겠다고?"

"바로 그래서예요. 당신이 죄수라면서 가둔 사람이 기껏 해야 중학교 1, 2학년쯤 돼 보이는 애잖아요. 어리지만 가둬 놓지 않으면 안 될 만큼 그 애가 위험한 존재일까, 아니면 당신이야말로 미성년자를 감금할 정도로 위험한 존재일까, 내 눈으로 보고 판단하려고요."

"아르바이트 경호원 주제에 호기심이 지나치구나."

사실 도마뱀붙이의 말도 틀리진 않았다. 디어루도 자기가 왜 도마뱀붙이와 아이의 일에 끼어드는지 알 수가 없었다. 하지만 자신이 감시해야 하는 죄수가 중학생 정도 되는 아이라는 사실이 미심쩍었고, 뭔가 손에 익은 일을 하듯이 자기도 모르게 찜찜한 구석을 파고들고 있었다.

"쓸모없는 경호원 녀석 같으니! 내 집 담장을 넘어온 덕에 좀비 밥 신세는 피했다만 결국엔 개밥이 되는구나. 자, 저 녀석을 당장 삼켜버려, 케르베로스!"

'케르베로스…… 케르베로스.'

디어루는 개의 이름을 곱씹었다. 기억에는 없는 이름인데도 그 이름을 듣는 순간 개의 목을 잘라야겠다는 생각이 달아나 버렸다. 이 도시의 좀비들은 대부분 이름이 없었다. 처음부터 도시의 밤거리를 헤매고 있었으니까. 하지만 저 괴물 녀석은 동네 강아지들처럼 이름이 있었다. 무섭게 날뛰는 개를 꼭 죽일 필요는 없었다. 디어루는 뒷걸음질로 현관 쪽으로 이동한 다음 잽싸게 몸을 돌려 칼로 벽을 내리쳤다.

문설주와 주변 벽에 쩍쩍 금이 가기 시작하더니 현관문과 벽이 한꺼번에 주저앉아 버렸다.

"케르베로스! 이 멍청한 녀석! 빨리 저 놈을 삼키라니까!"

도마뱀붙이는 으르렁거리며 개의 목줄을 더 늘렸다.

어느덧 개는 현관 근처까지 다가와 있었다. 디어루는 몸을 돌려 케르베로스를 마주했다.

"나가서 실컷 뛰어 놀아, 멍멍아. 오아시스 마을만 벗어나면 네가 밤새 사냥하고도 남을 만큼 좀비들이 우글거리고 있을 거야."

그러고는 녀석의 목줄에 대고 칼을 휘둘렀다.

챙! 그리고 또 챙!

디어루의 칼날이 부러지고 곧이어 케르베로스의 목줄도 끊어졌다.

여섯 개의 눈이 목줄과 디어루를 번갈아보았다. 좀 전까지만 해도 디어루를 잡아먹을 듯이 노려보던 괴물의 눈알들이 어느

덧 강아지의 눈으로 바뀌어 있었다. 케르베로스는 디어루를 뛰어넘어 건물 밖으로 뛰쳐나갔다. 벽을 들이받는 소리와 담장이 무너지는 소음이 연달아 들려왔다.

이제 남은 것은 도마뱀붙이와 디어루뿐이었다.

“유니시티 놈들은 하나같이 저 모양이야! 그 망할 도시연합을 빨리 사막으로 뒤덮어 버려야겠어!”

도마뱀붙이가 벽을 타고 바닥으로 내려왔다.

“유니토 말대로군. 넌 정말로 세상을 사막으로 만들어 버릴 작정인 거야.”

“그래, 유니시티와는 비교도 안 될 만큼 아름다운 도시를 만들 생각이다. 어딜 가나 파이프오르간 연주를 들을 수 있고 내 밑으로 다 평등한 세상!”

“그건 평등한 세상이 아니라 독재잖아. 넌 그냥 독재자가 되려는 거야! 도시들은 네가 맘대로 부수고 말고 할 수 있는 장난감이 아니라고!”

“시끄럽다! 케르베로스가 없다면 내가 직접 네 놈을 손봐 주마.”

도마뱀붙이는 주머니에서 지휘봉을 꺼내 들었다.

“칼도 부러지고 없는데 무엇으로 날 막을지 참으로 궁금하구나.”

도마뱀붙이의 말마따나 무기를 가진 놈을 맨손으로 상대하기는 쉽지 않았다.

딱, 딱, 놈은 지휘봉으로 디어루의 머리와 어깨를 사정없이 내리쳤다. 그때마다 디어루는 몸이 둘로 쪼개질 것처럼 아팠다. 디어루가 비틀거리며 뒷걸음질 치자 도마뱀붙이가 낄낄 웃으며 다가왔다.

"그만 끝을 내자꾸나."

지휘봉 끄트머리가 디어루의 목에 닿으려는 순간, 앙칼진 울음과 함께 얼룩무늬 고양이가 등장했다.

"이야아옹! 디어루한테서 당장 떨어지라고!"

고양이는 도마뱀붙이의 몸에 들러붙어서 여기저기 발톱을 쑤셔 박고 있었다.

그 틈에 디어루는 부러진 칼을 주워들고 창고로 달려갔다. 남은 칼날로 자물쇠를 대여섯 번 내리치자 칼과 자물쇠가 한꺼번에 박살이 났다. 유니토가 창고 문을 박차고 달려 나왔다. 둘은 누가 먼저랄 것도 없이 사무실을 향해 뛰었다. 도마뱀붙이의 눈알 하나가 빠져서 바닥에 굴러다니고 있었지만 지금은 흥분한 고양이를 말릴 시간이 없었다.

도마뱀붙이의 사무실 한쪽 벽면은 유니시티 전자지도로 채워져 있었다. 전자지도 곳곳에 노란 점들이 돋아 있었다.

"마지막으로 봤을 때보다 노란 점들이 많아지고 크기도 더 커졌어요!"

"저 점들이 네가 말한 사막이야?"

"네."

전자지도 밑에는 컴퓨터 창이 두 개 떠 있었다. 왼쪽 창에는 오아시스의 풍경이 3차원으로 그려져 있었고 오른쪽 창에는 기다란 막대가 가로놓인 그림이 있었다. 두 칸짜리 막대 그래프였다. 첫 번째 칸에는 검은색 빗금이 거의 들어차 있었다.

"2단계 실행까지 한 시간도 안 남았어요!"

유니토가 오른쪽 창에 기호와 숫자들을 입력하며 말을 이었다.

"2단계가 되면 폭우가 쏟아지듯이 하늘에서 모래가 떨어져 내릴 거예요. 아무도 막을 수 없는 '대재앙의 날'이 시작되는 거예요. 유니시티 전체 시스템이 무너지고 사람들은 로그아웃이 불가능해져요. 사람들이 이 사막에 갇히는 거예요."

"네가 그걸 어떻게 알아?"

"도마뱀붙이한테 들었어요. 오아시스 맵을 설계하는 데 필요하다면서 질문을 했더니 가르쳐 줬어요. 1호 백성에게만 특별히 알려 준다면서요. 유니시티가 멸망하는 걸 같이 지켜보자고 했어요."

"네 힘으로 이 프로그램을 멈출 수 있는 거야?"

"내가 할 수 있는 건 여기까지예요."

막대 그래프 밑에 실행중단 버튼이 떠 있었다.

"저것만 누르면 끝나는 거 아니야?"

"보이스 버튼이에요. 도마뱀붙이가 직접 말로 명령을 내려야 해요. 대재앙 프로그램을 처음 실행한 사람의 목소리에만 반응하도록 돼 있는 장치거든요."

고양이의 뿌듯해하는 목소리가 울려 퍼진 건 그때였다.

"이제야 숨통이 끊어졌네! 징그러운 도마뱀 녀석!"

사막왕의 정체

도마뱀붙이는 바닥에 널브러져 있었다.

"맙소사! 진짜 죽은 거야? 이러면 안 되는데! 이놈의 목소리가 유일한 방법인데!"

유니토가 제 머리를 감싸 쥐며 주저앉았다.

디어루가 도마뱀붙이의 뺨을 찰싹찰싹 때려 보았지만 아무 반응이 없었다.

"왜들 그래? 킹구가 도마뱀 힘들게 잡아 놨는데."

고양이가 디어루와 유니토를 번갈아 보며 성을 냈다.

"그런데 이 얼룩 고양이는 누구야?"

유니토가 묻자 디어루도 고개를 저어 보였다.

"나도 모르는 고양이야."

어디서 본 것 같기는 한데 누구네 고양이인지는 알 수 없었다.

"디어루, 너 왜 나 모른 척해? 우리 만난 적 있잖아!"

고양이가 팔짱을 끼고 디어루를 올려다보았다.

"우리가? 언제? 너도 십자가마을에서 왔니?"

"이런 멍청이! '나무아멘인샬라타불' 시티에서 봤잖아. 그때 못된 놈 좀 때려 준 거 가지고 날 체포한다고 협박했으면서."

"내가 널 협박했다고?"

"그래! 바지 주머니에서 보안관 배지 꺼내 가지고 나 겁줬잖아. 이 바보 보안관아!"

"바지…… 주머니?"

디어루는 천천히 주머니에 손을 넣었다. 단단하고 납작한 뭔가가 손에 잡혔다. 장미꽃 모양 배지였다. 황금색의 네모난 꽃잎들이 중앙의 꽃술을 겹겹이 에워싸고 있었다.

"이건……."

디어루는 킹구, 유니토와 차례로 눈을 맞추고는 다시 배지를 내려다보았다.

그 순간 사라졌던 기억이 강풍처럼 머릿속에 불어 닥쳤다. 캥거루쥐, 사막왕, 관광객, 망각, 어둠의 장막, 황무지, 철조망, 접경지대, 채소밭, 급식빌리지, 스콜라시티…… 보안관청, 보안관,

디어루…… 털보 국장, 윤링크, 실종자, 유니토…… 냥구!

"맙소사! 실종자 유니토가 너였어! 그리고…… 냥구야!"

디어루는 고양이를 번쩍 안아 올렸다.

"몇 번을 말해? 내 이름은 킹구라고, 킹구!"

냥구가 도마뱀붙이와 싸우다가 화가 나서 킹구로 변한 듯했다.

"그래, 킹구야. 반가워. 네가 내 기억을 찾아 준 거야."

디어루는 버둥거리는 킹구를 내려놓고 유니토를 보았다.

"유니토."

디어루는 보안관 배지를 가슴에 달고는 말을 이었다.

"『어린왕자』를 좋아하고, 지름길 대신 5번 도시와 6번 도시 사이의 철조망 길을 이용하고, 모래언덕 선인장에 흰색 벙거지를 걸어 둔 사람. 소개가 늦었네. 난 네 실종사건 담당 보안관 디어루야. 가상현실 밖에선 너랑 같은 나이야."

디어루가 손을 내밀었다.

"보안관이라고?"

유니토가 울먹이며 말을 이었다.

"유니시티의 보안관이 진짜로 날 찾아와 줬어. 고마워, 보안관 디어루."

둘은 방금 처음 만난 사이인 것처럼 다시 악수를 나누었다.

"참, 네가 모래언덕 선인장에 걸어 두었던 모자는 아까 좀비들과 싸우다가 잃어버렸어. 그런데 진짜 네 모자는 어디 있어?"

보안관의 습관이었다. 나중에 사건 보고서를 쓰려면 진짜 모자가 증거물로 필요할지도 몰랐다.

"스쿨버스에 두고 내렸어."

"스쿨버스?"

"사실 나도 망각에 빠졌었거든. 그래서 수업 마치고 나서 NPC 애들이랑 스쿨버스를 탔던 거야."

"네가 모자를 두고 내린 스쿨버스도 사막에 묻힌 거야?"

"응."

둘의 눈길이 자연스레 도마뱀붙이에게로 쏠렸다. 사막에 유니토의 모자를 묻어 버린 장본인이자 납치범, 유니시티를 멸망시키려던 범죄자가 도마뱀붙이 사체처럼 널브러져 있었다. 디어루는 망각을 오가며 얻은 정보들을 하나씩 이어 붙였다. 털보 국장과 누군가의 전화통화, 대재앙의 시대, 오르간파이프 선인장, 보좌관들, 감옥 그리고 케르베로스……. 디어루는 도마뱀붙이 앞에 쪼그리고 앉았다.

"킹구가 네 숨통을 끊어 놨다고 해서 순간 당신이 인공지능 NPC인 줄 알았지 뭐야. 이 세계에서 진짜로 죽을 수 있는 존재는 NPC밖에 없으니까. 하지만 인간은 죽지 않아. 강제 로그아웃을 당하거나 스스로 로그아웃을 하거나, 아니면 네가 유니토를 이 집에 가뒀던 것처럼 이 세계 어딘가에 갇혀 있거나. 그 세 가지 가능성 말고는 없지."

디어루는 바닥에 떨어져 있던 지휘봉을 주워서 도마뱀의 목덜미를 툭툭 건드렸다.

"당신은 그 세 가지 가능성 중에 어디에도 속하지 않아. 이 세계에서 죽지도 않았고 로그아웃을 하지도 않았거든. '대재앙의 시대' 2단계가 시작될 때 이 세계에 있어야 하니까. 너는 영원히 로그아웃 하지 않고 이 세계에 사는 게 목표잖아. 이 세계에서 미처 빠져나가지 못한 사람들을 지배하면서 말이야. 내 말 맞죠, 장도철 씨!"

그 이름이 불리자 도마뱀붙이가 와짝 눈을 떴다.

"뭐야? 죽은 척했던 거야? 이 킹구를 속인 거냐고!"

킹구가 발톱을 세운 앞발로 도마뱀붙이의 주둥이를 후려쳤다. 유니토가 킹구를 감싸 안으며 말리고 나섰다.

"착하지, 고양아. 이제부턴 보안관이 알아서 하게 둬."

도마뱀붙이는 킹구에게 얻어맞은 곳을 문지르며 일어나 앉았다.

"내가 누구라고? 별 괴상한 오해를 다 받는구나. 보안관이 이렇게 헛다리를 짚어도 되는 거야?"

디어루는 도마뱀붙이와 눈을 맞추며 말을 이었다.

“유니시티 초대시장 장도철 씨 맞잖아요. 물론 감옥에 있어야 할 당신이 왜 여기에 있는지는 유니시티 보안관청에서 조사할 겁니다.”

“잘못 짚었다니까. 나는 장도철이 누군지도 몰라.”

“그럼 설명해 드려야겠네요. 유니시티 초대시장 장도철 씨는 비리 혐의로 구속됐어요. 하지만 감옥에 끌려가면서 ‘대재앙의 시대’라는 프로그램을 감춰 버렸죠. ‘대재앙의 시대’는 유니시티를 멸망시킬 수 있는 위험한 프로그램이기 때문에 시장이 책임지고 관리하던 거였어요. 하지만 당신은 그 지위를 이용해서 ‘대재앙의 시대’를 빼돌린 거예요.”

“장도철이 그 양반이 그랬다고 쳐도 내가 장도철이라는 증거는 없지 않느냐.”

“오르간파이프 선인장이요. 당신이 시장 자리에 쫓겨난 것도 시청의 돈을 빼돌려서 음악감상실을 만든 일 때문이잖아요. 보안관들에게 체포되던 날에도 당신은 거기서 파이프오르간 연주곡을 듣고 있었죠.”

“직접 본 것처럼 말하는구나. 장도철 시장이 억울하게 체포될 때만 해도 유니시티에는 미성년 보안관이 존재하지 않았어.”

“맞아요. 직접 본 건 아니고 신입 보안관 훈련을 받을 때 자료 영상으로 봤어요. 그때 당신은 파이프오르간으로 연주한 ‘마왕’

이라는 곡을 듣고 있었고요. 아까 선인장 군락지에서 파이프오르간 연주곡이 울려 퍼졌을 때 그게 '마왕'이라는 걸 단박에 알아들은 것도 그래서예요. 당신의 체포 영상을 여러 번 보다 보니까 그 곡도 익숙해진 거죠. 그리고 좀 전에 여기서 달아난 케르베로스! 유니시티 중앙광장에 케르베로스 동상을 세운 것도 당신 뜻이었죠. 당신은 머리가 세 개 달린 그 검은 개를 좋아하는 것으로 유명하잖아요. 당신이 타는 관용차에도 케르베로스를 그려 넣을 만큼요. 당신의 집무실 책상에도 작은 케르베로스 조각상이 있었고요. 그런데 실망이군요, 장도철 씨! 케르베로스의 세 개의 머리에 각각 '함께, 자유롭게, 스마트하게'라는 뜻을 담았다더니, 이런 데 숨어서 독재자가 될 음모를 꾸미고 있었던 거예요?"

"나는 케르베로스 머리에 그따위 의미를 담은 적이 없다."

도마뱀붙이는 더 이상이 자기가 장도철이라는 걸 숨길 마음이 없는 듯했다. 장도철은 낄낄 웃고는 말을 이었다.

"함께? 자유롭게? 스마트하게? 그따위 것들 개나 줘 버리라 해라. 나한테 케르베로스의 머리들은 장도철의 권력, 장도철의 명예, 장도철의 부를 상징하는 것이었다. 그런 내 뜻이 부끄러웠는지 보좌관 놈들이 저희들 멋대로 뜻을 지어내어 언론에 퍼뜨렸더구나."

디어루가 자신의 보안관 배지를 가리켰다.

"드디어 자백을 받아냈군요."

"자백이라니?"

"이건 보안관 배지예요. 당신도 알겠지만 보안관 배지는 유니시티를 상징하는 장미꽃 모양이에요. 이 장미꽃 안에 방금 우리가 대화하는 장면들이 다 담겼어요. 사건 현장의 증거를 확보하기 위해 만들어진 장치죠."

"개인정보법 위반 아니야? 내 동의도 없이 촬영한 거잖아. 불법적으로 확보한 자료는 증거로서 효력도 없어! 어려서 유니시티의 법을 제대로 모르는구나, 보안관."

"현행범일 경우는 예외죠. 당신은 미성년자인 유니토를 납치하고 감금한 납치범이에요. 여긴 그 납치범의 집이고요, 당신은 범행 현장에서 체포된 겁니다. 유니시티 보안관을 너무 얕보셨네요, 장도철 씨."

"약아빠진 보안관 같으니라고!"

장도철이 도마뱀의 혀를 널름거리자 어느 틈에 얼룩 고양이가 달려와서 앞발을 날렸다.

"혓바닥 집어넣어, 이 파충류야! 냥구 앞에서 디어루를 위협하면 가만 안 둔다!"

킹구는 다시 냥구로 돌아와 있었다.

"저 망할 고양이는 대체 뭐냐? 왜 자꾸 나를 때리는 거야? 나중에 다 고소할 거야!"

"저 고양이는 미성년 보안관 보호법에 따라 파견된 보디가드예요. 방금 당신은 무시무시한 혀로 나를 위협했고 고양이는 보디가드로서 할 일을 했을 뿐이에요."

디어루는 여태 등에 메고 있던 화구통 모양 칼집에서 전자 수갑을 꺼냈다.

"장도철 씨, 당신을 유니시티 공유재산법 위반과 미성년 시민 납치, 감금 혐의로 체포합니다. 지금이라도 '대재앙의 시대'를 종료시킨다면 유니시티 법정도 그 점을 참작하여 형량을 줄여 줄 거예요."

"내가 협조 안 하면 어쩔 건데? 왕이 될 수 없다면 유니시티 시민들이랑 다 같이 망하는 것도 괜찮아!"

"보안관을 얕보지 말라고 했잖아요. 이 장치에 들어간 당신의 음성을 조합하면 보이스 버튼을 누를 수 있습니다. 당신이 직접 하는 것보다 시간이 조금 더 걸리겠지만요. 어떤 방법으로든 '대재앙의 시대'는 멈춰질 거예요. 당신이 할 수 있는 건 형량을 줄일 방법을 택할지 말지 선택하는 것뿐이에요."

장도철의 하나 남은 도마뱀 눈알이 바닥을 향했다. 긴 한숨이 도마뱀붙이의 입에서 터져 나왔다.

디어루와 유니토, 냥구의 감시 속에서 장도철은 보이스 버튼을 작동시켰다.

"대재앙의 시대, 프로그램 종료."

집으로

장도철을 끌고 선인장 정원으로 나섰을 때 암막커튼을 걷어젖힌 것처럼 하늘이 갑자기 환해졌다. 해돋이와 함께 인간의 시간이 돌아온 것이었다. 케르베로스가 담장 한쪽을 무너뜨려 놓은 덕에 일행은 어렵지 않게 사막왕의 집을 빠져나올 수 있었다.

바오밥나무를 지나 물웅덩이 가장자리를 따라가는데 냥구가 디어루의 손을 건드렸다.

"디어루, 내가 또 기억을 잃었던 거지?"

냥구의 시무룩한 얼굴에 아침 햇살이 맺혀 있었다.

디어루는 무릎을 구부려서 냥구와 눈을 맞추었다.

"잘 들어, 냥구. 넌 안전요원 냥구였다가 졸리고 짜증이 나면 힝구가 돼. 그러다가 또 성이 나면 킹구라는 이름의 고양이로 변해. 너희 셋은 서로를 모르겠지만 셋 다 괜찮은 고양이들이야. 이 도시의 2차 경고로 망각이 찾아왔을 때, 나는 디어루의 기억을 모조리 잃어버렸는데 넌 힝구의 기억만 잃어버렸던 거야. 망각이 시작되던 시각에 졸고 있었으니까. 힝구 덕에 냥구네가 나를 기억하고 구하러 와 줬잖아. 도마뱀붙이랑 싸울 때는 킹구가 도와줬고 말이야. 이 도시에서 힝구가 겪은 기억은 사라졌지만 힝구는 여전히 힝구야. 그리고 네가 힝구일 때나 킹구일 때나, 나한테 넌 언제나 냥구야. 무엇보다 네가 유능한 보디가드라는 사실은 변하지 않아."

디어루는 냥구의 손을 잡고 모래언덕을 넘어갔다.

사막을 건너고 도시의 출입구를 지났을 때 디어루가 유니토에게 물었다.

"그런데 저 도시에는 왜 갔던 거야? 혹시 달초암 씨가 시킨 거야?"

"아니. 달초암 선생님은 미완성 도시가 사람들이 찾을 수 없는 곳에 버려져 있다고만 했어. 그것도 수업 시간이 아니라 쉬는 시간에 지나는 말로 얘기하신 거야. 좌표를 알아내고 저 도시를 찾아낸 건 내가 직접 한 일이야. 처음에는 그냥 호기심이었어. 나만 아는 비밀의 공간을 만들고 싶었거든.

처음엔 일주일에 한 번 정도 도시에 가서 관광객 모드로 탐험을 했어. 어느 마을에 비밀의 집을 마련할지 알아보려고. 그런데 지난주부터 도시가 이상해졌어. 여기저기에 자꾸 모래언덕이 생기는 거야. 그래서 며칠 전부터 모래언덕을 조사하고 다니다가 저 도마뱀붙이를 발견했어. 안전지대 시계탑 근처에 사람 크기의 도마뱀붙이가 돌아다니고 있더라고. 이 도시에는 저런 동물이 없거든. 도시에 이상한 일들이 생기는 게 도마뱀붙이의 짓일지도 모른다는 생각이 들었어. 그래서 도마뱀붙이의 집을 찾아가서, 몰래 놈이 하는 짓을 훔쳐봤어. 그때만 해도 저렇게 높은 담장에 에워싸인 집이 아니라 평범한 좀비 도시의 주택이었거든. 정원에 몰래 숨어들어서 창문으로 훔쳐본 거야. 그리고 도마뱀붙이가 이 도시에다 어떤 프로그램을 실행하고 있다는 걸 알게 됐어."

"장도철이 '대재앙의 시대'를 실행한 거구나."

"응. 그때만 해도 그 프로그램이 좀비 도시하고만 관계있는 줄 알았어. 도마뱀붙이가 집을 비운 사이에 프로그램을 직접 보고 나서야 그게 유니시티 종말 프로그램이란 걸 깨달았어. 처음 실행한 사람만이 멈출 수 있도록 설계된 프로그램이었어. 놈이 가진 전자지도에는 벌써 노란 점들이 하나둘씩 늘어나고 있었어. 좀비 도시의 지도랑 대조해 보니까 그 점이 모래언덕을 나타내는 거더라고."

“그럼 11일 저녁에 접경지대를 따라 스콜라시티로 돌아온 것도 모래언덕을 확인하기 위해서였어?”

“응. 그 프로그램이 진짜인지 내 눈으로 보려고. 아빠나 보안관들한테 말을 할까도 고민했는데, 모래언덕이 세상 멸망의 증거라고 말해도 믿어 줄 것 같지가 않았어. 좀비 도시에 몰래 드나든 사실도 들키기 싫었고.”

“그래서 네 힘으로 직접 해결하려고 했던 거야?”

“응. 12일에는 그 전날보다 일찍 좀비 도시로 갔어. 도마뱀붙이를 설득하려고. 도마뱀붙이만이 그 프로그램을 멈출 수 있으니까. 그런데 도마뱀붙이가 나를 알고 있었어. 내 이름이 뭔지도 알고, 내가 어디서 왔는지도 알고 있었어. 내가 스콜라시티 도서관에서 오아시스 맵을 만들었다는 것까지 다 알고 있었어. 그래서 도망쳤어. 도마뱀붙이를 피해 빈집에 들어가서 숨어 있는데 1차 망각이 와 버렸어. 힘들게 알아낸 것들을 다 까먹어 버린 채 그냥 로그아웃을 한 거야. 그런데 딱 한 가지가 기억에 남아 있었어.”

“5번 도시와 6번 도시 접경지대의 모래언덕!”

“맞아. 모래언덕을 본 건 좀비 도시 밖에서 벌어진 일이라 기억에 남아 있었던 거야. 내가 그 모래언덕과 관련한 비밀을 캐고 있었다는 것도 기억이 났어. 그래서 다음 날은 아빠가 새벽

출근을 하자마자 유니시티에 접속하고 좀비 도시로 달려간 거야. 그런데 좀비 도시 중학교의 뒷마당에도 모래언덕이 있더라고. 접경지대에서 본 거랑 크기도 비슷하고 오르간파이프 선인장이 심어져 있는 것까지 똑같았어. 그 주변을 조사하고 다니다가 2차 망각에 빠져 버렸어. 나는 그 학교의 학생이었어. 그래서 다른 NPC 아이들이랑 같이 수업을 듣고 집에 가려고 스쿨버스를 탔던 거야."

"그럼 널 망각에서 깨운 건 장도철이었어?"

"응. 스쿨버스를 타고 가는데 찻길이 사라지고 커다란 사막이 생겼더라고. 그 사막을 건너다가 도마뱀붙이를 만났어. 해가 지고 좀비의 시간이 될 때까지 도망 다니다가 붙잡혀서 그놈 집으로 끌려간 거야."

"장도철이 시키는 대로 오아시스 맵을 만들면서 갇혀 있었던 거네."

"응. 장도철은 '대재앙의 시대' 프로그램을 실행한 뒤 자기가 원하는 사막 도시를 만들려고 했어. 하지만 그는 가상도시 맵을 만들 줄 몰랐어. 기껏 한다고 한 게 여기저기 모래언덕을 만든 거랑 까마귀 소리를 내며 날아다니는 흰 비둘기를 만든 거더라고. 그래서 나를 데려다가 오아시스 맵을 만들게 한 거야."

"지금 네가 한 이야기들, 증거로 써도 돼?"

"얼마든지."

"마지막으로 한 가지만 더 물을게."

"왜 그 프로그램을 멈추려고 했던 거야? 모르는 척 내버려 둘 수도 있었잖아."

"우리 아빠……. 벌써 알고 있겠지만 우리 아빠는 유니시티에서 일하는 방송국 앵커야. 아빠는 자기 일을 정말 사랑하는 사람이야. 그런 아빠가 나도 자랑스러워. 아빠처럼 나도 언젠가 유니시티에서 일하는 게 꿈이었어. 유니시티의 열세 번째 도시를 설계하는 사람이 되고 싶었거든. 열세 번째 도시를 만들려면 유니시티의 열두 도시들이 무사해야 하잖아."

어둠의 장막을 지나가자 멀리 유니시티의 차들이 뿌연 먼지 바람을 일으키며 황무지를 건너오는 게 보였다. 차들은 디어루 일행 근처에서 멈추었다. 가장 먼저 차에서 내린 사람은 윤링크 앵커였다.

윤링크와 유니토가 서로 껴안고 있는 사이, 보안관들이 장도철을 데려갔다. 마지막으로 디어루와 냥구 앞에 도착한 사람은 금발의 여자였다. 검정색 투피스를 단정하게 차려입었는데 손등과 종아리, 턱에 털이 수북했다. 유니시티 시민들이 알아보지 못하도록 딴에는 감쪽같이 변장한 보안국장이었다. 캥거루쥐 한 마리가 국장의 품에 안겨 있었다. 디어루는 캥거루쥐를 향해 엄지를 세워 보인 뒤에야 입을 떼었다.

"저 도마뱀붙이 납치범은 장도철이에요."

"안 그래도 달초암의 주변을 조사하다 보니 그 이름이 튀어나오더군."

"그런데 장도철이 유니토를 어떻게 알고 있었는지가 의문이에요."

"달초암에게 맵 설계 수업을 받았던 수강생 중에 장도철이 있었네. 물론 가짜 신분으로 말이네. 장도철은 대재앙 프로그램으로 유니시티를 멸망시킨 뒤 새로운 도시를 만들려고 했던 거야. 그래서 맵 설계 기술을 배워 보려고 그 수업에 들어갔던 거지."

"유니토가 맵 설계를 잘한다는 것도 거기서 알게 된 거군요."

"그렇지. 원래는 혼자 힘으로 새 도시를 만들어 볼 작정이었을 것이네. 그러던 중 좀비 도시에서 유니토를 발견하고, 새 도시의 설계를 유니토에게 맡기기로 계획을 변경한 거지."

냥구가 입이 찢어져라 하품을 했다.

"디어루, 언제 끝나? 나 졸린데."

냥구의 상태를 확인한 디어루가 국장에게 부탁했다.

"국장님, 우리 로그아웃부터 하면 안 될까요? 너무 힘들어서요."

냥구가 국장 앞에서 힝구로 변하기 전에 유니시티에서 나가야 할 것 같았다.

"그렇게 하도록 하지. 보안관 디어루, 안전요원 냥구! 둘 다 수고 많았네! 긴 이야기는 휴식부터 취한 뒤에 천천히 해도 늦지 않을 걸세."

국장의 차가 황무지를 벗어날 즈음 디어루는 곤한 잠에 빠져 있는 냥구의 앞발을 잡았다.

보안관 디어루.

로그아웃!

그리고…….

DAILY NEWS

전자감옥 교도관 강모 씨가 뇌물을 받고 장도철 전 시장에게 가짜 신분을 만들어 준 것으로 밝혀져 논란이 일고 있습니다. 장도철 전 시장이 스콜라시티와 좀비 도시를 활보하는 동안 교도소 정원에서 살인진드기 잡기 미션을 수행하고 있었던 건 대역 전문 인공지능 NPC였던 것으로 드러났습니다.

_'유니시티 연합뉴스' 7월 18일자 저녁 6시 뉴스 중에서

언젠가 유니시티의 열세 번째 도시를 설계할 유니토에게.

먼저 늦었지만 생일 축하하고, 파티에 초대해 줘서 고마워.
그런데 보안관실에서 장도철 사건 관련 회의가 열리는 바람에 갈 수가 없었어. 미안해.
대신 생일선물로 드로잉북을 골라 봤어. 표지에 어린왕자가 그려져 있어서 고른 건데, 네 맘에 들었으면 좋겠다. 즐거운 생일 파티였길 바란다.

디어루가.

_디어루가 드로잉북에 끼워 보낸 생일 축하 엽서 중에서

안전요원 냥구 귀하.

유니시티 보안관청은 장도철 사건을 해결하는 데 있어 눈부신 활약을 보여 준 냥구를 보안관청의 정식 경찰묘로 발탁하기로 뜻을 모았습니다. 보호자가 동의할 경우 다음 달 1일부터 보안관청에서 근무하게 되며, 근무 수당으로 매달 보호자에게 200얍을 지급하고, 냥구 본인에겐 날마다 노르웨이산 연어를 제공할 예정입니다.

_유니시티 보안관청에서 라퓨타시티 고양이 특수 훈련센터에 보낸 편지 중에서

자, 조용.

내일부터 우리 반 학생 수가 두 명 늘 거야.

한 명은 너희도 아는 노아루야. 개인사정으로 봄 학기는 온라인 클래스로 들었지만 가을 학기부터는 정상 등교할 예정이라는구나. 다른 한 명은 홈스쿨링을 하다가 이번 가을 학기부터 등교 수업을 듣기로 한 친구다. 이름은, 어디 보자…… 윤희토네.

아루와 희토가 우리 반에 잘 적응할 수 있게 너희가 많이 도와주도록 해.

오늘 종례는 이것으로 마친다.

_9월 2일, 장미중학교 2학년 7반 담임의 종례사 중에서

작가의 말

가상현실 도시 연합체 유니시티를 설계하면서 가장 설렜던 순간은 열네 살 디어루의 가슴에 보안관 배지를 달아 주던 때였습니다. 나이와 신체조건의 한계가 사라진 가상현실에서 디어루는 믿음직한 보안관이었으며 홀로 황무지 너머 좀비 도시로 들어간 유니토는 세상의 붕괴를 막는 데 기여한 탐험가였습니다. 디어루와 유니토는 오늘도 유니시티 어딘가에서 냥구 요원과 함께 모험을 이어 가고 있을 것입니다.

『유니시티 보안관 디어루』는 웹진 〈비유〉 64호에 발표했던 단편동화 「유니토의 생일선물」을 메타버스 세계관으로 확장한 이야기입니다. 짧은 이야기 시절부터 응원해 주고 오래 기다려 준 블랙홀 편집부가 있었기에 가능한 일이었습니다. 유니시티의 도시들을 함께 오가며 가이드해 준 이동익 편집자님, 유니시티 지도와 파란머리 디어루를 멋지게 그려 주신 쏘우주 작가님께 감사의 마음을 전합니다. 원고가 풀리지 않아 고민이 깊던

날, 마주앉아 이야기를 나눠 주었던 이현서, 송라음 두 작가님께도 감사와 사랑을 전합니다.

글을 쓰는 내내 유니시티를 돌아다녔습니다. 부디 독자님들도 케르베로스 동상이 있는 중앙광장부터 에드거 네모 포의 시를 사랑하는 시민들이 사는 좀비 도시까지, 두루 즐거운 여행이 되셨길 빕니다.

'같이 놀자, 채소밭'의 옥수수 농장에서

땃쥐 작가 최영희

유니시티 보안관
디어루

초판 인쇄 2023년 11월 15일
초판 발행 2023년 11월 20일

저자 최영희
발행인 이진곤
발행처 블랙홀
출판등록 제 25100-2015-000077호(2015년 10월 26일)
주소 경기도 파주시 문발로 405 제2출판단지 활자마을
전화 02-338-0092
팩스 02-338-0097
홈페이지 www.seentalk.co.kr
E-mail seentalk@naver.com

ISBN 979-11-88974-70-2 44800
979-11-956569-0-5 (세트)

블랙홀은 씨앤톡의 자매 회사입니다.